［日］

向田邦子

著

灵长类
人科动物
图鉴

霊長類ヒト科動物図鑑

刘清

译

中国友谊出版公司

图书在版编目（CIP）数据

灵长类人科动物图鉴 /（日）向田邦子著；刘子倩
译. -- 北京：中国友谊出版公司，2021.7
ISBN 978-7-5057-4376-2

Ⅰ. ①灵… Ⅱ. ①向… ②刘… Ⅲ. ①散文集 - 日本
- 现代 Ⅳ. ① I313.65

中国版本图书馆 CIP 数据核字（2018）第 091918 号

著作权合同登记号　　图字：01-2018-3833

REICHO-RUI HITO-KA DOUBUTSU ZUKAN by MUKODA Kuniko
© 1981 MUKODA Kazuko
All rights reserved.
Original Japanese edition published by Bungeishunju Ltd., Japan in 1981.
Chinese (in simplified character only) translation rights in PRC reserved by Beijing Xiron Books Co., Ltd., under the license granted by MUKODA Kazuko, Japan arranged with Bungeishunju Ltd., Japan through Bardon-Chinese Media Agency, Taiwan.

本书中文译稿由城邦文化事业股份有限公司——麦田文化事业部授权使用，非经书面同意不得任意翻印、转载或以任何形式重制。

书名	灵长类人科动物图鉴
作者	[日]向田邦子
译者	刘子倩
出版	中国友谊出版公司
发行	中国友谊出版公司
经销	新华书店
印刷	三河市冀华印务有限公司
规格	880×1230 毫米　32 开 7.75 印张　147 千字
版次	2021 年 7 月第 1 版
印次	2021 年 7 月第 1 次印刷
书号	ISBN 978-7-5057-4376-2
定价	45.00 元
地址	北京市朝阳区西坝河南里 17 号楼
邮编	100028
电话	（010）64678009

如发现图书质量问题，可联系调换。质量投诉电话：010-82069336

目　录　/　contents

豆腐　/　001

短剧　/　006

互助运动　/　011

伤痕累累的茄子　/　016

外遇　/　021

无敌舰队　/　026

女人地图　/　031

旧报纸　/　037

布施　/　042

减法　/　047

少年　/　052

丁半　/　056

玛丽莲·梦露　/　061

砍　/　066

熟面孔　/　070

鲫鱼　/　075

拍照者　/　080

合唱团　/　084

警视总监奖　/　089

白色的画　/　094

总统　/　099

邮筒　/　103

旅枕　/　107

纽约·雨　/　112

刺　/　117

轻面　/　122

胆固醇 / 127

范本 / 132

西洋火灾 / 136

啊，被整了 / 141

味噌猪排 / 145

拖鞋 / 150

安全别针 / 154

小偷 / 158

孙子手 / 162

满满派 / 167

飞机 / 172

貂皮 / 177

就中 / 181

爱哭虫 / 186

良宽大师 / 190

鬼怪 / 195

变声 / 199

脱掉了 / 204

无花果 / 209

U / 213

虫子季节 / 218

黑色斑马 / 222

龟兔赛跑 / 226

教师办公室 / 231

电泥鳅 / 236

第一病 / 240

豆腐

取下旧月历，挂上新的。

倒也没有严重到谈什么感慨，但毕竟与换掉厕所的毛巾不同。动作多少有点感伤，旧月历不忍立刻扔进纸篓，随手翻开看了一下。

我用的不是日历，而是每个月一张，相当大型的月历。日期底下有方形空格，可以记下当天的预定行程。看着边缘翘起、以红铅笔或圆珠笔留下记录的十二个月份，甚至可以立刻想起，某些日子的确发生过那样的事。

有的日子一片空白，不知道那天做了什么。也许没见任何人也没做什么事，只是茫然度过一天。也许只是没在上面注明，若探究心意底层，最起码还是会有一个微小的亮点。

也说不定那天就像咬到饭粒里的小石子，发生过小小的不快，只是不经意忘记了。

一旦过去便再也无法想起的时间与心情，日积月累，就成了年底的旧月历。留下它吧？仿佛要斩断这种依依不舍，我稍显用力地把它扔进纸篓。

然后，我确认钉子的松紧后，挂上新的一年、雪白的月历。

空白的岁月从容是初历。

这是吉屋信子女士的俳句。

我是在车谷弘氏的名作《我的俳句交游记》中发现这一句的。

"吉屋信子"这个名字，对我这种在战前[1]穿着水手服长大的女孩而言是个怀念的名字。我记得曾向朋友借来此人写的《花物语》这本少女小说来阅读，插画都是中原淳一先生的手笔，画的是那种面带忧郁、大眼睛仿佛戴了三四层假睫毛的女孩子，但我怎么也想不起来这个女孩有没有鼻子。

借给我这本小说的女孩，与前总理大臣同姓。犹记当时我不慎将借来的书沾染污渍，还在那个女孩的家门前站了一会儿，不知该如何道歉。我家不知怎的就是不肯买少女小说给我。

当时不像现在的孩子可以拿自己的零用钱随意买书。即便是小孩看的书也是由父亲买来，我们只能他给什么就看什么。

父亲频频表示"这种肉麻兮兮的东西不可阅读"。现在回想起来，在书店说"我要买吉屋信子的《花物语》"对一个大男人而言想必很尴尬。

---

1 本文提及的"战前""战后"，均指"第二次世界大战前"和"第二次世界大战后"。——编者注

因此，我长年与吉屋信子女士无缘，看到这俳句时，不禁一惊。

这是我第一次看到，有人如此坦率鲜明地以俳句吟咏出面对崭新的月历，人人都会怀抱的期待。

长年来失礼了——我很想这样鞠躬致歉。

有时不免会想，一天，就像是白色的方盒子。

这大概是我用的月历在日期下方有方形空格的缘故。

快到中午时，白色方盒子的上方三分之一拉下黑幕。到了傍晚，黑幕已拉至三分之二。

"啊，糟糕！"

我慌了手脚。

这黑幕，到了半夜十二点时完全覆盖白色方盒，盒子变黑，那一天也就过完了。

或许是因为小时候挂在厨房与起居室柱子上的日历。

说得更进一步，一个月，也好像是堆叠的许多块豆腐。

我不确定是几时在哪儿看到的，但肯定是小时候。

被某人牵着的我，在豆腐店门口，看到方形的、宛如大澡盆的容器里，漂浮着巨大的豆腐，店里的大叔正拿菜刀划开。

白色的大块豆腐，被切割成一小块一小块的豆腐，轻飘飘地浮在水中，被放入锅里。

那，在我心中就是"一日"。

若是心浮气躁诸事不顺，也没做什么就事与愿违地过完一天的日子，我会想到边缘破碎的烂豆腐。

小事也无妨，只要有那么一桩称心事的日子，心中某处，就好似有那么一块倏然切开、边角完整挺立的白色豆腐。

小时候，我怕吃豆腐。吃凉菜或火锅时，它经常在餐桌上出现，我心想这种东西到底有哪点好吃。没有颜色，也没有口感，更没有自己的味道。软绵绵的，搞不清它在想什么。没有自己的主张。看似心机很深，又有点老年人的味道，感觉很卑怯。不主动帮别人，也不会多嘴，所以不会扣分。或许我每次都是在这种人的手里吃亏，所以有点敬而远之。

因此，也有点恼羞成怒，遂对豆腐长年置之不理，直到最近，才开始觉得这暧昧不明的东西其实挺好吃的。

年轻气盛时嫌弃它无色，但豆腐其实有颜色。它有形状、有味道，也有香气。摇摇欲坠偏又挺立不倒，有种温婉的矜持。无论配味噌、配酱油或油都能浑然天成，大度兼容。

话说，又是一年之始。

空白的豆腐——不对，是每一天，正沉睡在月历中。不知哪一天将会沾上何种滋味？说到这里，吉屋女士还有一部同样吟咏初历的作品。

初历未知的岁月分外美。

短剧

有客人上门。

在玄关门口一边不动声色地寒暄冷暖,一边不经意一瞥,对方还抱着一个包袱。

从包袱的包法、大小、抱的方式,一眼便可看出那是对方买来自用的还是要送给我的东西。

我对此只字不提,径自邀请对方进屋喝杯茶,有人会在这时就递上包袱,说是伴手礼,也有人会把东西与外套一起放在玄关,临走时才取出。

就放下的感觉来看,可能是长崎蜂蜜蛋糕;就拿着的分量判断,也许是羊羹,小心翼翼避免晃动地放下;或许是西式甜点,我一边斜眼偷瞄,一边还得假装对那种东西完全不放在眼里,邀请客人去客厅。

告罪去厨房泡茶时,脑中还在不停地思考。

盒子里装的若是西式蛋糕,那我最好不要请客人吃蛋糕。送的礼物人家若是也有,那场面有点尴尬不太好,所以这时候还是清清爽爽地用日本茶配米果吧。

碰上草莓上市的季节更要小心。

万一，我家端出的草莓比客人送来的草莓更大颗，那多不好意思。

这种场合，还是告诉客人，不巧家里的水果吃完了比较好。

左思右想地备妥茶点，到了客人该走的时候。

"一点小东西不成敬意。"

"哪里。每次都让您这么费心，不好意思。"

这是固定的台词。

打从刚才就猜想你会送东西，所以一直在等着——这种话就算嘴巴烂掉也不能说。

有时以为对方送的是草莓，还盘算着晚上正好有贵客要来，可以用这个当甜点。等到一如既往地殷勤送走客人后，打开一看居然是法兰绒拖鞋，当下大失所望。

我收到过漂亮的当季湿地菇。

雪白新鲜，个头儿也有小型的松茸那么大。闻起来的味道和松茸一样，价钱却远比松茸便宜，煮来好吃，烧烤亦可，做成菜饭也很美味。

恰巧有机会去平时颇受照顾的某户人家拜访，于是决定分一点给人家。手边正好有适合的篮子就装在篮子中带去。

我是急性子，所以进屋前就想在玄关口送上伴手礼，但窸窸窣窣要解包袱时对方已进了客厅，我错失机会。

无奈之下，只好等临走时再给，先进屋再说，在此我受到非常隆重的招待。

明明还不到季节，对方为了挽留我，特地叫了鳗鱼饭。而且不是普通的鳗鱼饭，一看就知道那是上等的、黑漆晶亮几乎可倒映面孔的双层套盒。

对方又端出据说是别人送的哈密瓜。

两样都是我爱吃的东西，于是不客气地开动，但我忽感不安。

这家人，该不会以为放在玄关篮子里的是松茸吧？

正好是松茸的季节。

这才想到，那个篮子正是之前京都寄松茸来时装的篮子。

这样很像欺诈，我顿时对哈密瓜食不知味。

我的预感果然成真。

"看起来像松茸，但这是湿地菇。"

我惶恐地说着递上。

"哎呀，原来是湿地菇！"

夫人以远比平时高亢的声调这么一说，弯腰笑了出来。

用餐时间上门的客人，总会声称是吃饱饭才来的。

"哎哟，有什么关系。寿司是装在另一个肚子里的。"

"我真的是吃饱才来的。实在吃不下了。"

"哎,别这么说,就吃一点嘛。"

"这样吗,那好吧。"

也有客人说早餐吃得晚,所以肚子还不饿。

"那就吃一点垫垫肚子。"

这么劝客人后,对方多半会吃得精光。

但是其中也有人因为已声明是吃饱才来的,可能是觉得中途变更路线会很丢脸,坚持不肯动筷子,就这么走了。

或许真的是吃饱才来的,但多少会感到对方死要面子,至于我自己,就算是吃饱才去拜访人家,肚子有空间时还是会动筷子的。

"其实我错过吃饭时间,肚子正饿呢。面包或饭团都好,可以给我一点吃的吗?"

一年,大约有一次会碰上这样的客人。

我很高兴。

迅速就家里现成的材料弄出吃的,看对方一扫而空,我反而会有种被招待盛宴的丰饶心情。

不过,这恐怕也要说得出那种话的人品、适合讲那种话的个性才行。不是谁都能做得出这种事。

从小家里就常有客人,所以我是看着客人与主人双方的虚实应对长大的。

看多了,有些令人会心一笑很好玩,有些就很滑稽。

不过,一概而言,双方都是在认真较量。嘲笑那是虚礼,是一眼便可看穿的老套手段,很简单,但彼此的确是使出看家本领,真刀真枪地过招。

说出固定的台词,重复寻常的寒暄,并且乐在其中。

就像赏月或赏花,那是日本家庭的每年例行活动,也是刺激悬疑的短剧。

同时,客人与主人也都是演技相当厉害的名演员。

互助运动

第一次去配老花眼镜时,我的心情不太好。

"眼镜一副就够了吗?"

年轻男店员的细心征询也令我恼火。

以前总是被人称赞眼力好,还得意地炫耀自己连远处招牌的字都看得见,也正因此早早就看不清近处。说来说去,就是老了。

不容分说,我醒悟这个事实。

而且,老花眼镜很贵。价钱是一般时髦太阳眼镜的三倍。到目前为止,我没戴过眼镜,也因此格外不高兴。

又不是袜子与内裤,不可能穿到破洞或松紧带失去弹性吧。这种玩意儿有哪个滥好人会傻到一次买两副?

我曾见过老年人找不到眼镜如无头苍蝇乱转,但我还没老眼昏花到那个地步。

"一副就够了。"

我秉持威严如此回答。

之后，老花眼镜配好了。

小字也能看得一清二楚。我翻开字典，查"龟"这个字自己玩了半天。在年华老去的悲哀与屈辱中，也有小小的喜悦。

不过，过了一阵子，也许是我动作太粗鲁，眼镜的镜架出了问题。有一个小螺丝松了。

往往这种时候，店家早就赠送了小螺丝起子，所以我立刻取出想修理镜架，这才赫然发现，两眼的焦距模糊不清。

我这才明白，为了调整老花眼镜，需要另一副老花眼镜。

类似的失败，以前也发生过。

为了预防停电或地震、火灾，我家也准备了手电筒。本来是放在固定的位置，但我生性散漫，突然停电时，去那个地方找，结果找不到。

"对了，上次去仓库找书时，可能放在那边了。"

要去仓库，必须靠墙摸索着慢慢前进。

"这种时候，如果有手电筒就方便多了。"

我如是想。

手电筒不贵，干脆买他两三支，每个房间各放一支……然后才想到。

根本用不着拿手电筒去找手电筒。那玩意儿，一支就足够了。我怎么会连这么简单的事情都不懂？

小时候，我记得联络簿上"个性"这一栏，老师写的评语好像是活泼开朗。我并非特别阴沉的人，所以我想老师写的应该还算中肯，但若要再多说一句，轻率、毛毛躁躁这个评语恐怕更贴切。

总之，世间的确有些东西是一个就够，也有些是两个以上更方便。

我曾在派出所门口，目睹两三名警察推一名年轻男子。

男子高声说了什么，甩开警察想逃走，于是闹得更大，形成围观的人墙。旁边停了一辆红色的跑车。

看样子，好像是他驾车在派出所门口发出刺耳的轮胎摩擦声回转，警察想制止，他却甩开警察企图高速驾车逃走，才会被拦下。

臭着脸被带回派出所的年轻男子，被那些警察包围，一再推拉——虽然动作不大。

当时，我忽然毫无征兆地想到发生丑闻的警察。

警察酒驾肇事逃逸，闯入民宅施暴。虽然极为少见，但的确发生过这种案件。

警察也是人，不是神仙，当然也可能犯这种错误。我认为那是无可奈何，但我在意的，是在这种情况下，其他警察的态度。

果然也会像对待一般人那样，在该出手推打时就推打？

如今不同以往，好像没有那种态度高傲颐指气使的警察了。我看到的那个违反交通的年轻男子,明显很恶劣,公平说来,就算被警察那样推来打去也不能怪谁。虽是这么想,但万一对象是自己的同僚,是穿着同样制服的警察,他们可能会不自觉地减轻手上的力道吧。

我没看到过制服警察带走制服警察,所以只能就想象而言,这时会不会基于同侪意识,稍微手下留情呢?

"不,反而会为了端正风纪,毫不留情。"

或许有人会这么说。但我总觉得,惺惺相惜的成分应该比较多。

若将之称为互助运动,正经为社会、为世人鞠躬尽瘁的人或许要骂我,但我似乎天生反骨,总是立刻想到这种情况。

现在,我家有三支手电筒、四副老花眼镜。有这么多就没问题了。就算个性再怎么散漫,起码总会找到一支手电筒吧。即使踩到老花眼镜,要替脚上的伤口上红药水,需要找另一副老花眼镜时,也有另外三副,纵使我再怎么不擅整理东西肯定也不成问题。

关于这点,我非常从容自得。

说到这里,小时候还发生过这样的事。

我在井边洗脚时,肥皂不慎掉到泥土地上。我想捡起肥皂,但湿滑的肥皂怎么也捡不起来,结果肥皂表面沾满泥土,还镶嵌沙砾。

我心想事后如果不好好放着会挨骂,于是寻找肥皂来洗肥皂。

当然我立刻想通，要让肥皂变干净只要直接用那块肥皂即可，于是自个儿笑了。

伤痕累累的茄子

听到台风逼近的新闻,我总会想起那件事。

小时候,我家后面就有一间内科诊所。那里养了一只猴子。是很小的猴子,但非常机灵,早上,送报纸的一来,据说它听到脚步声会第一个冲出去,抄起报纸,放在睡觉的主人枕畔。

那只猴子,在台风来临时,或许是被狂风暴雨的声音唤醒野性,扯断了锁链逃走,爬上屋顶大叫。

台风走后,不知是被风刮的,还是失足自屋瓦跌落,据说人们发现时,它的身体已经冰冷地躺在地上。

我其实没见过那只猴子。虽未见过,却总觉得好像看到那只小猴子抓着屋顶,浑身湿毛倒竖不停地吼叫。

说到台风要来,以前为何会那么紧张?

一听说台风傍晚开始登陆或半夜过后登陆的消息,就连值日生的清扫工作也草草了事,也不去运动场玩了,直接回家。三五成群朝同一方向回家的同学,一起顶着风,一边沿路嬉闹,一边匆匆赶回家,还有那跟朋友一样剪成马桶盖的细直头发,根根朝天而立,水手服的百褶裙猛然掀起的情景,至今如在眼前。

回到家,祖母与母亲正斗志昂扬地踩着小碎步在厨房与走廊之间往返。

"饭要准备多少才好,奶奶?"

"先煮一锅应该就够了。"

立刻生火煮饭,烹调小菜,因为要赶在台风来袭前熄灭炉火。

"把学校的用具都装进书包,以便黑暗中也能取出。"

孩子们接到这个指令,纷纷进房间把课本拿进拿出。

这时父亲回来了。

横扫而来的大雨,将父亲的风衣肩头一带已淋湿,卷起的裤脚下,露出苍白细瘦的小腿,看起来很好笑。但这种时候如果笑出来,大家都知道会有何下场,所以尽量装出紧绷的表情,在玄关排成一列,齐声合唱:

"您回来了。"

"台风都要来了,还在这种地方傻乎乎地排什么队!"

父亲大喝一声,快步走进起居室。可是如果不去门口迎接他,他又要说:

"小孩上哪儿去了?一点小台风慌什么!"

反正不管怎样他都会发火。

"晚上吃什么?不要生火。家里应该有鲑鱼罐头和红烧牛肉罐头吧?把那些开来吃。"

在走廊打转的人,耳尖地听到,立刻奔往小孩房间传讯。

"晚上吃罐头噢!"

"哇!"

欢声雷动。

平时,罐头被视为偷懒的食品绝对不会上餐桌。或许是因为难得吃到,小孩们全都热爱罐头,尤其是鲑鱼罐头的鱼骨部分,更是你争我夺。

祖母拿着有长长木柄,以当今眼光看来非常古典的开罐器,开了三四听罐头。

这时候,风雨也已增强,早早就关上遮雨板了,但风不知从哪儿钻入,玻璃窗咔咔响,电灯也不停晃动,灯光不时变暗又闪烁。

"手电筒的电池没问题吧?"

晚餐向来喝两瓶的父亲这时只喝一瓶就打住,穿着钓鱼专用的旧西装配七分裤这种建筑工的打扮问母亲。

厨房里,祖母用我们吃剩的饭做成饭团。走廊与储藏室漏雨了。大家忙着拿出脸盆接水,家中又是一阵大乱。

这种日子,洗澡很危险所以暂停。我家不知是特别小心还是怎样,台风要来的夜晚,连睡衣也不换,只脱下袜子就这么睡觉。

正当我思考该不该把书包和装替换衣物的包袱放在枕畔时,停电了。

让人拿手电筒照亮去上厕所，听着风雨声入眠，即便是幼小的心灵，也有种不可思议的激动。

无论是兄弟吵架、夫妻吵架，或母亲与祖母的小小龃龉，唯有在台风夜，一律休战，全家凝聚成一团。这点让我非常开心。父亲与母亲，全都充满活力。

早上，醒来一看，台风早已不知去向。

不知几时，我们换上了睡衣。据说半夜"没事了，台风改道走了"，所以大概是大人替我们换的衣服，但我毫无印象。

小孩为什么到了晚上就那么困？据说"小孩要多睡才会长大"，或许就是为了长大才特别爱睡觉吧。

再没有比绷紧神经备战，以为一定会来的台风临时改道离开更无趣的事了。

"太好了，太好了。"

父母额手称庆，祖母与母亲吃着昨晚煮得太多的饭团，小孩却都一脸无趣。

把放在玄关以备紧要关头的长靴收起。

"啐，不好玩。"

这就是小孩的感想。

就连大人，肯定也有点"搞什么"的失落感，而且显露在小动作与语气之间，却就是不肯表现出来，多少有点令人气愤。

父亲去扫排水管堆积的落叶。他反手拿长扫帚，气喘吁吁地做他不熟悉的园艺工作，在他的头上，是蔚蓝晴空。红蜻蜓也经常在这时候出现。台风过后的那个夜晚，或许是心理作用，虫声听来也格外响亮优美。

到了第二天，蔬果店前，大概那些蔬果是被暴雨敲打，倒塌，躺在地上，只见有缺口的盘子与篮子里装满了伤痕累累的茄子与小黄瓜，以一堆若干价钱，廉价抛售。

"某某太太家里小孩多，一口气买了三盘呢。"

厨房里，祖母扯着母亲围裙的袖子如此说。虽是四十年前的往昔，至今仍萦绕耳底。

外遇

我在车站的书报摊买周刊。

买到了一本,但想买的那一本已卖完。无奈之下只好去书店买那本,但这种场合,抱着已经买来的周刊去书店难免有种不自在。

这可不是你们店里的哟,是我在前一个地方买的——必须让店员认识到这点。说穿了,必须小心别让人家以为我是扒手。

把还没看过的周刊卷成一团,故意在入口的店员面前晃给对方看然后才进店。

要买另一本时,就说:

"啊,这本是在车站买的。不好意思。"

诸如此类,忍不住多此一举地道歉。为了预防万一真的被误认为是扒手,不如先记住其中某一页的标题,借以证明自己已经看过一部分了,我忍不住这么胡思乱想。平时看似莽撞勇猛,原来这么胆小啊,照这样看来,我今后也没啥出息啊,认清我的前途后,不禁为之黯然。

我的日常用品都是在住处后面的小超市购买。美其名曰"超市",其实不久之前还是蔬果杂货店,由于货色好,店里的人也诚恳周到,我大概两天就会去一次。

但是,五分钟路程之外的地方有家著名的大超市,我不时也会去那里买东西。买东西时,顺便也会把平时习惯在附近小超市买的白萝卜啦葱啦一并在有名的大超市购买。

拎着有名超市的纸袋时,我会刻意避免经过小超市门前,但有时心不在焉,脑袋与两脚各自为政,会不自觉地走到小超市门前。

尴尬的是,偏偏在这种时候,小超市的老板正在店门口收拾空纸箱。

"天气真好呢。"

老板还向我如此打招呼。

我就像在新宿御苑的园游会承蒙天皇陛下赠言时(我没受过陛下邀请,所以不清楚),惊呼一声,呆立原地,嘴里喃喃地咕哝着语无伦次的招呼词,鞠躬时腰比平时弯得更低。外遇时的心情说不定就是这样吧?我这个没经验又不解风情的呆子,在这种地方好像忽然有点开窍了。

若只是这样罪过还算小,问题是我有时还会拎着知名超市的袋子走进小超市。就在我忘记买三叶芹或生姜时。

在知名超市,一次就会买个三四千元,但在小超市每次只买一百元或一百二十元的东西。愧疚感多少也令我有点畏缩，上哪儿买菜应该是顾客的自由吧，犯不着为此卑微示人，虽然有点心痛，但我还是如此强装若无其事。外遇归来的人，正因心虚不免虚张声势的心情，也是在这种时候稍有体悟。

若是白萝卜或大葱还好，要是美容院，那就有点沉重了。

倒也不是嫌弃了原先那一家。非做头发不可的日子偏碰上惯用的美容院公休，只好去别家店，连我自己都觉得换个感觉挺不错的。

下次自然会再光顾，蓦然回神，已自然疏远了原来惯用的那家美容院。

这三十年来，我几乎没换过发型，即便如此，每过三五年还是会有一次这种情形。

改去新的美容院，做完头发刚踏出店门，正巧与原先那家店替我做头发的美发师遇个正着。

她惊呼一声停下脚。

"看您气色这么好，真是太好了。"

对方的开朗笑容似乎有点不自然。

"因为最近经常去旅行。"

我也尽量开朗地笑着。

"改天再去找你。"

我忍不住又露出软弱的一面。

改去新的美容院已有三年。有个重要的宴会,我想至少该做个头发,于是去美容院一看,说是什么员工旅行暂时公休。

于是我在时隔三年后又去了旧的美容院。

所谓的心虚不敢上门大概就是指这种情形。总觉得有点害羞,有点别扭。

店内似乎也重新装潢过几次,变得很摩登。以前以生疏的动作洗发、帮忙递发夹的小学徒,现在已成了威风的大姐头。在洗发台躺平让人替我洗发时,不安的心情渐渐消失。三年前替我做头发的人,一边说"还是像以前一样吗",一边摸我的头发。我觉得很像回到久违的家,有种安心感。可是想到这样对不起新的美容院的美发师,心里忍不住又有点刺痛。

长期外遇的丈夫,自小三那里回到大老婆身边时,大概就是这样吧?我一边这么暗想一边闭上眼。

自家明明有养猫狗,有时却忍不住抚摩外面的猫狗爱不释手。

或许是因为不必负责照顾它一辈子,所以很轻松。觉得它很好玩、很可爱。比家里的好多了,甚至有点想把它带回家,但那当然只是一时兴起,若只是替它的肚子或耳后抓抓痒,讨好它一下,跟它嬉闹让它轻轻咬几下逗个开心倒是另当别论。过五分钟就忘记那种乐趣,可以拍拍屁股回家了,但是好好疼爱外面的猫狗一顿后,再看到家里迎接出来的猫,会有点愧疚,忍不住比平时多给它两三条它最爱的小鱼干。

人生似乎到处皆外遇。

女人在百货公司试穿不打算买的衣服也是一种外遇。

更换泡面或洗洁精的牌子也是外遇。看电视时随手一转台，就以广告这种形式鼓励家庭主妇外遇。

借由这种小外遇，女人在自己也没察觉的情况下排解每日生活的烦忧。这是迷你外遇。或许很多人就是因此避免了轰轰烈烈的真正外遇。

无敌舰队

我讨厌打伞,所以若是毛毛雨,我宁愿淋雨走路。雨若下大了当然会跑,但对这事我一直就有个疑问。

走路与跑步,到底哪个比较不会淋湿?

假设一米的距离会淋到一百滴雨水。在这种情况下,以走路两倍的速度跑步,淋到我身上的雨滴会变成五十滴吗?或是二百滴?或者,无论是走是跑都不会改变?

不是我要炫耀,我在物理与数学方面一窍不通,这种问题想破脑袋也想不通。

我不仅性急而且任性,赶路时如果走在前面的人慢吞吞,我就会非常恼火。

憔悴的中年女人,太阳穴暴起青筋,咬牙切齿地烦躁跺脚,不管怎么想都不是好景色,所以明知是绕远路,我还是会尽量选择人比较少的路线,上半身前倾四十五度大步向前走。

急躁时，有一种路线绝对不能走。那就是学习花道或茶道的人（大体上多半是中年以上的妇女）集体返家的路线。

五六个人一边一字排开占满路面开心地聊天，一边以极为徐缓的速度漫步。其中，当然也有人身材苗条得令人羡慕，不过或许是吃了太多好东西，又不用为衣食操心；也有很多人的体形壮硕得宛如古时候天平时代[1]的胖美人。本来就已经很占空间了，大家的怀里还抱着巨大的花束。

我多次走在这种集团的后面，虽然努力想越过她们却终究未果。

那是距离大马路只有短短一百米长的巷道。我心想快步疾走时不用一分钟，同时也不免感到自己果然不是对手。以前，历史课曾学到"无敌舰队"这个名词，这时倏然浮现脑海。

中午的混杂时段结束时，在历史悠久的鳗鱼饭老店叫一份鳗鱼盖饭优哉等候，是相当不错的感觉。

一对早已年过七十岁的优雅老夫妇，缓缓走入。看看价目表，像是要说又涨价了似的想了一会儿，互相讨论，最后先生点了鳗鱼套餐，妻子点了鳗鱼盖饭，尽管他们可能是根据肚子饿不饿才这么点餐，我还是不免感到，对

---

[1] 日本圣武天皇统治时期（724—748年）。这一时期深受中国盛唐文化的影响，可以说是盛唐文化在日本的移植。——编者注，以下均是

于靠利息或国民年金[1]生活的人而言，现在物价的高涨对他们想必极为不利。

我以为自己目睹白头偕老的佳话，半是羡慕半是感动地旁观他们相互扶持的情景，这时做妻子的，抓起一把桌上摆放的牙签放进皮包。动作别提有多优雅、多迅速了。

另有一次，也是在这家店，是一位老绅士，这位的年纪也差不多要七十岁了，正与店员争执。

他点了鳗鱼盖饭，却叫店员把鳗鱼和米饭分开送上。

"我不喜欢混在一起。"

负责上菜的小姐有点难以启齿地说明：

"鳗鱼盖饭本来就是鳗鱼和米饭放在一起的，如果您喜欢分开，可以点鳗鱼套餐。"

但是老绅士却充耳不闻。

"没那种必要。只要把鳗鱼盖饭的鳗鱼另外放一个盘子就行了。这么简单的事你们为什么做不到？"

店员小姐去后面问厨房，然后又回来。

"师傅还是说鳗鱼盖饭是鳗鱼盖饭，鳗鱼套餐归鳗鱼套餐。"

厨师们大概也是拗起来了，据说如此回答。

---

[1] 日本的养老制度。即全民参加的国民年金制度。

"这么大的餐厅居然多洗一个盘子都舍不得吗?如果你们坚持不肯,那我投诉你们也不怕吗?"

这时看似老板娘的人出现,鞠躬哈腰频频致歉,声称一定依照老绅士的意思做,这才就此落幕。

看到这里我就出来了,在这种风波后用餐,鳗鱼还会有鳗鱼的滋味吗?还能津津有味地吞下肚吗?我心想,真是招架不住这种人啊。

我曾听说有人买了公寓,但是重新一测量面积,事情不对了,坚持要拆墙扩大,不肯罢休。

公寓这种地方,算的是到墙芯为止的面积。我记得实际的室内面积会比登记及图面的面积小,那个人坚称付了大笔钞票却面积缩水岂不是太奇怪,谁劝也不肯听,硬是要把墙拆掉把室内面积扩大到墙芯为止。

我很佩服。

两边的邻居如果都这样做,墙壁厚度等于变成零。即便是我这个数学白痴,也知道这点道理。

告诉我这件事的资深房产中介说,此人同样也是老人,他笑着说,费了三天工夫才劝服。

"真是败给这种人了。"

他的语气中同样充满感叹。

走在闹区，不知从哪儿响起警铃声。

起初我以为发生了什么事吓了一跳，后来才发现那是某洋货店在招揽客人。

该店从很久以前就这么做，但我还是深感不可思议。

若只是一家店这样还好，万一并排的一百家店全都争相使出这一招，那怎么得了。

这家店，摆出设计相当新颖的货色颇受年轻人欢迎。我也不顾年纪老大买过两三件衣服，唯独这个警铃声，让我觉得有点怪怪的。

说到这里，想起与雨滴无关的无敌舰队，那是西班牙腓力二世的舰队，当时号称天下无敌，这点我早就知道，但是一翻字典才发现，无敌舰队原来也输过。

总数一百三十艘，船员二万八千人，在英法海峡被英国海军打败，船只与船员都少了一半，仓皇逃回故国。

这次的选举，也有厚脸皮的无敌舰队出马，到处引人注意，但愿他们也效法历史惨败而归。

女人地图

要去没去过的店时会先打电话确认地址。

大体上酒廊或酒吧的电话应对都很简单,指点地址也很精确扼要。反之,很费事的是日式的,尤其是日本料亭[1]。

打电话到座谈会指定会场的店家,若是中年以上的女性接电话,我会当下感到万事皆休。

"我要从青山搭出租车过去,可以告诉我简单的路线吗?"

"出租车啊。若是大规模的车行,很多司机都知道我们这里噢。"

"不过,为了保险起见——请问是丰川稻荷神社附近吗?"

"对对对,丰川稻荷,向左转。"

"左转吗?我还以为是右转。"

"啊?咦,是右边?我都是从反方向过去,所以搞错了。"

---

[1] 价格昂贵,处所隐蔽的餐厅。

对方开心地哈哈大笑。

"那就是右转吧。然后——"

"请问转角有什么店?虎屋吗?"

"不是,呃——该怎么说才好。"

"是区公所吗?"

"也不是。那地方很难说。"

对方"呃"了半天没下文,忽然尖声冒出一句"啥"。

"从下面?是噢,从下面啊。啊,这样子噢。"

好像正在听旁人指点另一条路。

"那个,有人说从下面过来比较好找。"

"请问您指的下面是?"

"当然就是从坡下。"

"什么坡?"

"喂,那个坡叫什么来着?"

"请问那个坡道要怎么走?"

"就是绕一大圈。"

"从哪儿绕圈?"

如果我说"不好意思,能否换一位开车的男士过来听电话",对方的声音就会突然变得很不悦:

"她说要找男人啦。"

我成了喜欢男人的花痴。

我本以为不打电话,实际请对方画地图告诉我应该没问题,但是碰上一群女人我发现还是大错特错。

首先,我先在纸上画出大马路。

"这是青山大道对吧?那边是涩谷。"这么一说。

"如此说来,这边是赤坂见附?"

对方立刻面露不服。

"不对。反了啦。我认为,涩谷是这头。"

"啊?这样的话,那我问你,东京铁塔在哪个方向?"

我说是这边!二人都铆起了劲儿,绿色的阿姨像要背道而驰似的举起一只手,指的方向正好完全相反。

即便如此,双方还是坚持自己说的方向,所以就算讨论谁才是对的也没用。我只好妥协,边把身体弯成S形,边看地图,心里偷偷重画自己相信的地图,如此这般,只不过是问个地址都能引起一场大骚动。

女人碰上地图就没辙。

说到画地图——也就是教人家怎么走——固然不擅长,学习起来也很困难。当然我也没资格批评别人。拿我自己来说吧,画地图给别人时,一张纸画不完,还得画到背面,或者再拿一张纸继续画。即便自以为已经煞费苦心画得很仔细了,往往事后也会被抱怨:

"我还以为是大马路,结果原来是小巷子。"

"看地图时,以为很远,所以一直走,结果走过头了。"

看来我似乎欠缺远近、大小的概念。可能是缺少画地图时最需要的客观性吧。

即便问附近有什么建筑物可以当指标,女人往往也一下子答不出来。

"有是有啦,那叫什么大楼来着?"

通常会变成这样。

"若是从我家这边过去我倒是说得出来。"

也有人这样说过。

"是白色的大建筑。"

听到这种话照着去找,结果两三天前已被漆成浅绿色。

"一直走就对了。"

"随便走一段路。"

"有一栋品位很暴发户的房子,从那边转弯,到了那里你再找人问问路。"

听到这种话,我深深感到,女人绝对不适合当登山家或探险家。

当然也不是没有女人攀登某某高山或驾船横越太平洋,但却是凤毛麟角的。

地图这种东西，是抽象画。

是用另一种眼光看待自己每天走的路径或商店街的作业。

那是切断"某某蔬果店卖的番茄不错但生菜不行，那家的超市别的不好，卫生纸类的倒是很便宜"云云的日常性，大马路就是大，小店就是小，是正确地利用省略与变形汇整而成的作业。

地图没有感情。

不能表露出那个转角有一只狗动不动就叫很讨厌，或那个转角的店卖给我的西瓜淡而无味这种恩怨情仇。

如此一来，女人忽然失去气势，变得无所适从。

所以，请勿找女人问地图——说到一半，我发觉自己犯了个小小的错误。

我所谓的地图白痴，是指接受战前教育的女人。

这年头的年轻女性，未必如此。写信的文笔或许谈不上优美，擅长地图的人倒是很多。

利用各种颜色的铅笔，加上插图，以图画般的可爱字体，画得出相当正确而且有趣的地图的女人越来越多。

虽然觉得这是好事，但我也有点不安。

女人不会画地图，也就等于女人不会作战。

不知敌阵的位置，也不清楚自己现在身在何处，所以别说是什么飞弹，无论是攻是守都无法胜任。

本以为那是和平之本，但会画地图的女人增加就再也无法安心了。

旧报纸

虽然一律称为报纸,但在我看来,可大略分为三种。

送来还没看的报纸。大略浏览过,但还要看广播与电视节目,所以必须放在伸手可及之处的报纸。这个非常简单。

到了隔天,就成了旧报纸。这种场合还可称为报纸。

等到报纸更旧,过了三天甚至一个星期后,旧报纸就成了旧纸。

别人怎么样我不知道,但我就是这样区分报纸的。

我的房间乱得要命。

虽说天生不擅整理,但我发现报纸堆积也是原因之一。

我总是不忍拒绝上门推销报纸的人,比起拒绝,还是答应订报更简单,于是蓦然回神才发现家里已订了十一份报纸,其中甚至有我根本不看的《学生时报》,连我自己都觉得可笑。

报纸这种东西,只订一份反而会看得更仔细。

发生大事时,我喜欢比较各报的标题,自称标题评论家,至于报道内容就挑重点跳着看。

记得歌谣里好像有一句"要与人为伴就得长相厮守",报纸也一样。选朝日[1]就是朝日,选每日[2]就是每日。决定之后最好不要三心二意。男人,不,人也和报纸一样,不管选哪个还不是大同小异?

份数太多,这样东看西看,好像在搞不纯洁的异性交往似的,有点心虚。

包装纸与卫生纸的普及,导致旧报纸的出镜机会随之大减,但在以往,旧报纸是最方便好用的东西。

煎日式蛋卷时擦平底锅用的是旧报纸,包便当盒的,也是旧报纸。

学书法时,不可能一开始就用白纸写,在我家,首先一定是写在旧报纸上。

不知何故,写在报纸上的字看起来特别端整,写在白纸上顿时变得拙劣。

还有做裁缝时的版型纸。包裹烤地瓜和油豆腐的,也是旧报纸。

小时候,母亲的梳妆台抽屉里总有剪裁好的旧报纸。

烫头发时,她会先隔着旧报纸试一下烫发器的热度。

"咻——"的细微声响后,冒出淡烟,焦味弥漫,我久久地望着旧报纸上的褐色细长烙印。

---

1 日本三大报纸之一《朝日新闻》。
2 日本三大报纸之一《每日新闻》。

下雨或下雪的日子，旧报纸也很活跃。

把它揉成一团塞进鞋子里，可以除湿。

现在道路都铺了柏油，除非雨势特别大，否则鞋子湿透的客人并不多见，但在以前，一下雨就满地泥泞，要是下雪道路就会变得像红豆汤。

即便没有下雨下雪，霜融后的道路也泥泞不堪，岁末年初上门的客人，鞋子好像永远是湿的。

给湿鞋里塞旧报纸是当时念小学的我负责的任务。

先检查报纸的日期，一定要尽量用最旧的报纸。我曾因用了有陛下御照的报纸而被父亲杵头，所以对于天皇、皇后、皇太子、内亲王殿下[1]等都得万分小心。

报纸不能塞得太满，但是没塞到鞋尖也无法除去湿气。这项工作看似简单其实很费事。

这时，我还发现种种穿鞋者的癖性。

把玄关排放的五双鞋或七双鞋都塞好旧报纸，洗洗手，接着又要帮母亲把酒瓶端到和室。

我瞄了一眼客人，那双横向发展严重外八的鞋子，会是那个红着脸正在

---

[1] 内亲王是皇室女性的身份或称号。

笑的客人穿来的吗?先这样暗自猜测,等到送客时再确认结果的乐趣也是这时发现的。

擤鼻涕、扭成一条用来生火、当草纸……旧报纸的命运形形色色,最长寿的,想必是垫在榻榻米底下的报纸。

大扫除的乐趣,就是掀起榻榻米读底下的旧报纸。

"这么忙的时候,你在干什么?那么想看的话,全都给你,等大扫除结束你再慢慢看。"

母亲如此责骂,但是等扫除完毕在自己房间看这些报纸时,一点也不好玩。

那玩意儿还是要一边用毛巾遮住鼻子,一边撅起屁股,留意着父母的眼光偷偷浏览才过瘾。

榻榻米与榻榻米的缝隙之间积了灰尘,或散发出除蚤粉的怪味,一边呛得猛咳,一边匆匆过目的感觉特别刺激。

住进公寓后,家里不再有榻榻米,也不再有拍打榻榻米的大扫除。虽然轻松,但是那种看旧报纸的乐趣也一起消失了,想想怪舍不得。

以前曾发行过半张大(406mm×273mm)的报纸。

那或许是因为缺乏纸张吧。版面较小。

好像颇有萧条之感。

现在想来,当时因此感到不便的人想必很多。

因为那种大小,不好遮脸。

傍晚,搭电车时,坐在前面位子看晚报的人是个中年男人,忽然把脸藏起来。

好像是怕被刚上车的酒女气质的美女看到脸会不太方便。

这才想到,在我家也是,父亲宿醉不适的早上,总是拿报纸遮脸坐在餐桌前。

平日,他经常说教,现在大概是不想让孩子看到他宛如红沙丁鱼的眼睛。

报纸,也有守护父亲权威的功能。

布施

就在我的前方,有个醉汉边唱歌边走路。

土佐高知的播磨屋桥,
我看到和尚买发簪——

从背影与声音判断,应该是五十几岁的上班族。
我是急性子,很想赶快超前。

嘿咻哟咿,嘿咻哟咿——

对方正在一边开心高歌,一边左右蛇行,我突然"超车"好像也不妥,于是我跟在后面慢慢走。

醉汉又重新唱道"土佐高知……",听着听着,我蓦然发觉自己从未见过和尚买东西的情景。

不仅是买簪子,也没见过他们买香烟。当然也没见过他们买书、买靴子(和尚穿靴子好像很可笑,但这年头的和尚,到了彼岸节[1]拜拜时,会骑着速克达[2],任由袈裟或法衣迎风翻飞,奔走在各家信徒之间),更没看过他们走进面店吃荞麦面。

是我运气不佳,只有我一个人没见过吗?关于和尚,我只见过他们领取布施时的样子。

家族之中没有僧人,所以我不知详情,但布施这码事,施者固然有难度,受者似乎也相当需要技术或者经验。

首先,在委托僧侣做法事之前,会有相当尴尬的商谈。换言之,必须决定金额。这年头的寺庙也已是钢筋水泥打造,甚至有人在寺内开设英语补习班,或者炒房当包租公,但就算经营再怎么合理化,还没听说过诵经费也开请款单[3],所以要由做法事的家庭自行决定。

"这个数目可以吗?"

某人用身体挡住,伸出几根手指。嗯——在场众人先沉吟一声,窥视周

---

1 日本的清明节。
2 两轮摩托车。
3 即财务支付款项的原始凭证。

遭人们的反应。

这笔诵经费,若是用在祭拜父母时,多半是兄弟姐妹分摊,如果随便先开口,会有许多不便之处。

"只付一次的话,那个数目倒也可以。"

"还有七七、周年忌、三年、七年——"

"一开始如果太那个,之后会很麻烦吧?"

"那么,这个价码如何?"

所有的亲戚,唯独此刻就像批发市场的拍卖员,不停互相比出手指喊价。

好不容易谈定金额,也确定了每个人的分摊金额,正要偷偷摸摸取出钱包时——

"等一下。"

比较谨慎的人叫暂停。

"若是住持,那个价码倒是可以,但若是他的儿子就——"

"噢,就是不久之前还穿牛仔裤弹吉他的那小子吗?"

"还是有弹性一点——等看到人之后再说比较好。"

一边追悼亡者,一边也有以上这一幕。

和尚当中,有不少人都写得一手好字,或是口才流利,但嗓音悦耳的人特别多,想必也是其他职业没有的特征。也有些和尚的嗓音低沉,念经的声音直可视为庄严的弥撒曲。

不过，也有些人的音色太美，发音方式也是地道的意大利传统美声唱法，与其念经，不如饰演歌剧《卡门》里的荷西。

除了声音，长短也是问题。

有时听到钟声铿然一响，正窃喜终于结束了，摩挲发麻的双脚之际，没想到又开始了，不禁颓然。

"咦，已经结束了吗？"

也有时简单利落得令人错愕。

不知那是根据什么样的规矩。

正如同我们这边会再三商谈决定布施的金额，或许寺方也会一再思考，针对经文的轻重长短做出各种组合吧。

总之，诵经结束，送上斋饭。

有时送上一盏般若汤（酒）后，其他的会打包，让和尚带回去。

话说，问题在之后。

"谢谢。"

请代向菩萨美言几句——众人以这种感觉一同鞠躬，而收的那方也是。

"啊，谢谢。"

与刚才清亮的美声判若两人，以发音不清楚的低沉嗓音，像要说那就先代为收下，然后把钱迅速放进衣服里面。

之后，众人一同把和尚送到门口，每次到了这个阶段我总是不放心。

万一，有哪家一时糊涂忘了给，该怎么办？

和尚应该不会吞吞吐吐站着不走，或者说什么"呃，实在难以启齿，关于那个……"然后比出那种收钱的手势吧？

还有，和尚带走的布施，是几时、由谁给的？

相扑的横纲，回到休息室，会把奖金随手扔给年轻的力士。和尚也是那样交给寺里的纳所先生（也就是负责会计的和尚）吗？

不见得每所寺庙都有纳所先生，所以有时也得住持太太与住持亲自出马。

会不会有时感冒了还抱病上工，结果最后心想，忙了半天才拿到这么一点钱？

或者在归途中，忍不住想看信封袋内的金额，于是趁着四下无人——是否也会萌生这样的念头呢？

就像上班族借用上厕所偷窥年终奖金的金额，我忍不住大不敬地想象和尚偷窥信封袋的情景。

说到这里才想起，小学的时候，班上有个同学是神社家的女儿。不过那个神社其实只是区内很小的神社。我每次去找她玩时都会偷窥放香油钱的钱箱，暗想哪怕一次也好，真想看看这家人打开钱箱取出香油钱的那一刻，但那或许是晚上才打开，到头来我终究无缘目睹。

减法

亲戚家的小男生来做客。

他才三岁,但这年头的小孩好像不认识桃太郎和浦岛太郎。可是玩怪兽游戏会把嗓子叫哑,事后还会全身酸痛。

我想做一个小孩的爸妈也会赞赏的游戏,决定教他数字。

首先,我在纸上写个大大的"一"字。

"认识吗?"

我问,他仰头看着我的脸,理所当然地大大点头,回答:

"NHK[1]。"

这年头的小孩,好像是靠电视频道认识数字的。

而我是透过跳房子的游戏才初次感受到数字的。

---

1 日本电视频道的第一台是 NHK。

小孩玩的游戏名称似乎会因地而异。我所谓的跳房子，因为以东京为起点四处搬家，所以我不清楚到底是哪个地方的说法，总之先在地面画一个圈。这是一。再画两个圈，这是我心目中的二。再画一个圈，上面再画两个。

跳的时候，喊"单"，就单脚放进第一个圈，喊"双"的时候在接下来的两个圈中打开。单，双，单，双……跳到最后一个双，就转过身。

或也因此，直到现在说到十，还会有种张开双腿一跳，猛然转身的冲动。

至于十以后的数字，或许是因为地上没有圆圈，我再怎么想，脑中也无法浮现数字的印象。

打从小学一年级起，我就很怕算术。

小学三年级时大病一场，那正是老师教分数基础的时间，加上一年的大半都休学，之后总觉得全班只有自己一个人被撇下。

所谓的假分数，我怎么也不懂。只有大头症、自大狂、讨厌鬼的印象，看起来就无法喜欢。

父亲或许是因为生性努力，很会心算。

"心算这种东西没有算盘也没关系，只要有纸门就能算。"他说，瞪着纸门，说声，"预备，开始！"让我们以极快的速度说出两位数字，然后他说出分毫不差的加法答案。看样子，他是在脑中把纸门的格子当成五颗珠子的算盘了。

严格说来,我并不讨厌加法。

越来越多,是件愉快的事。越加越多,变成相当大的数字。这时,喊一声"停止,请归零"。

真舍不得把珠子拨回去。就像辛苦存下的零用钱被拿走似的很不是滋味。

或也因此,我讨厌减法。

可数字会越来越少,感觉怪寂寞的。

"这若是钱,换作是我,在这时就不会再花钱了。"

老师不以为意地念出数字,但我很想阻止他。

我讨厌减法,是因为那种"从隔壁借来"的说话方式。

或许是我小家子气,我天生无法借钱。即便再穷苦也不会向隔壁借钱,宁愿靠自己的力量过得清苦一点,所以那句话令我耿耿于怀。

"若是我绝对不会借钱。"

在老师念出心算数字时我的脑海中闪过这样的念头,所以当然算不好,结果自然算错了。

零点几这种数字我也不喜欢。

在我的脑海中,数字与温度好像混在一起了。说到零,在我的想象中,就会出现结着薄冰的水面。

说到 0.1,就在冰层的下方。0.3,大约是再深入水中 30 厘米。想到这里有点呼吸困难。

0.5，要更往下20厘米。已经没救了，想到这里更加喘不过气。

因为这么想，所以每次出现零点几时，就好似沉入结冰的湖底，很难受，忍不住叹气，思绪难以厘清。

我无法戴墨镜。

一则，是因为我的视力很好，日光强烈也不怕。在滑雪场，除非天气特别晴朗，否则我通常不戴墨镜。隔天早上，顶多眼睛有点痒，会流眼泪，其他别无大碍。

再则，我的鼻子塌，而且鼻梁的构造不明显，眼镜很容易滑落。

我不会边看书边做大动作，所以若是阅读用的老花眼镜还好，但在家里不可能戴墨镜。通常都是戴着在外面走路或跑步，因此一定会滑落。

或许是想尽力防止滑落，我似乎咬紧牙关在努力。结果过了半天时间，耳下，也就是腮帮子已经酸了。

墨镜还有一个麻烦的地方，就是无法判别东西的色彩与亮度。

天空的颜色也变得暗沉，树木的绿色也变得晦暗，人的脸也像大病一场似的发黑。

但，这并不是真正的颜色。

我戴的太阳眼镜，是带有浅绿的墨色，因此必须扣除那个黑色与暗度。

我不得不再三这么告诉自己。换言之，必须对色彩与明暗做减法。

有时我会忽感不安，摘下墨镜，确认真正的颜色与亮度。

"这才是正确的色彩。戴上墨镜后会变成这样。我得好好记住。"

我把墨镜一会儿举到额头上一会儿放下，非常忙碌。

戴墨镜时，或许是因为遮住了眼角的皱纹，看起来精神抖擞，平添几分姿色。也有人说我这样看起来好像很聪明。当我熬夜后眼睛红肿时墨镜最管用。

想要戴墨镜，于是拥有了两三副，但我不擅减法，因此即便带出去也几乎不会戴。

少年

在曼谷的泰国人家中打扰了一周。

屋主已退休,但之前官居要职,房子也相当大,用人也很多。全部携家带眷住在另一栋,连司机都有三个妻子(好像没有住在一起),把我吓了一跳。

用人之中有一名少年。

是个十岁左右的瘦小孩子。

他的家中务农,但父亲好赌不工作。再加上这种家庭总是孩子特别多,所以他很早就出来工作减轻家中负担。

那是十二年前的事了,现在还有那种事啊,我说着不禁叹息,但这家的儿子若无其事地说:"这一点也不稀奇。直到最近周日市场(每个星期天在王宫前摆摊的露天市场)据说还有人买卖婴儿呢。"

他是以供吃供念小学的条件在两年前来到这个家,勤快得甚至让人看了都觉得可怜。穿着满是补丁、松垮垮的短裤,整天跑腿打杂或是带小孩。替三岁左右的小小姐推婴儿车,听从无理的要求,脑袋挨揍也面不改色。半夜似乎也会使唤他,所以只有他没住在另一栋的用人房,而是睡在大宅这边。

不过,他并没有自己的房间。

在厨房与洗手间之间的走廊尽头,三四条麻布袋皱巴巴地揉成一团放在地上。

这,就是少年的房间,少年的床。

麻布袋下方,有一本看似书本的东西。那似乎就是他的课本,也是全部财产。

即便如此,他似乎已算是幸运。这家人或许是因为生活富足,个个都很有人情味,少年早上不肯上学时,还会把他赶去学校,叫他至少得念完小学。

晚上,我起床上厕所时偷偷一看,少年像小动物蜷缩成一团,裹着麻袋睡觉。

记得那应该是我离开曼谷的前一晚吧。黎明时,微微的地鸣把我惊醒,我听见砰砰声。之前明明听说泰国没有地震,我暗自称奇,朝窗外一看,天色刚刚泛白的院子角落,那个少年正在踢树。

他对着有自己身体那么粗的树干,一再飞踢、回旋踢。他执拗地一再重复,甚至令人很想劝他犯不着那么激动。不知为何,他并未流汗。只有眼睛,像黑色玻璃珠子般发亮。

懒惰的父亲,勤劳的母亲,各分东西的手足。任性的主家小姐。走廊角落的麻布袋被窝。不停踢树干的他,小小的腿上似乎蕴藏着这一切。

膝行送来早茶的少年[1]，又恢复平日那种面无表情的平静。

或许是因为同样在旅行地点邂逅，还有一名少年也令我难忘。

我在柬埔寨古迹吴哥窟的饭店遇到十岁左右的白人少年，我问他来自何处，据说是"以色列"。噢，以色列。我这么一说，少年顿时大声高叫："NO!"

"不是以色列，是以仄列。"他特别强调"仄"，在"列"的地方一再卷舌示范给我看。

我有样学样，他凑近检查我的口中，"NO!"少年一再说。或许是因为有点胖，他的舌头也像鹦鹉的舌头那样圆滚滚的，但他还是在口中复杂地卷起给我看，叫我一再重来，直到他满意为止。

他流露出一种气势：自己国家的名称，怎么可以让人发音错误？

稍远的大厅沙发上，有对看似他父母的略胖中年夫妇。"对陌生人这样太失礼了。你给我安分点。"我以为他们会这么说，结果他们只是默默看着我俩。我与少年，次日，在飞往金边的暹粒机场又碰面了。少年露出亲昵的笑容跑过来，给我看大人买给他当纪念品的木雕小刀。他开玩笑地比画出拿刀刺我胸口的动作。我翻白眼假装死掉。他乐坏了，一再让我翻白眼，忽然好像想到什么，叫我再说一次"以色列"。

"以仄列。"

---

1 泰国传统的世家大族，用人进主人房间时据说绝对不能站着。现在如何就不得而知了。

我自认已经很用心发音了,但小老师并不满意。和前一天一样,他当场叫我一再重来。

他的父母,就在旁边的长椅上听我与他们儿子的对话。我被迫一再练习以色列的发音,甚至觉得他太啰唆、太烦人。这时他父母还是不发一语。

通知登机的广播响起,他父母站起来。少年朝我挥手,再次清楚地开口大叫:

"以仄列!"然后奔向父母。父亲抚摩少年的头。看起来像在说:"干得好,儿子。"

旅行虽有趣也很危险。我向来自戒:不能以偶然目睹的风景与人物判断那个国家,但说到泰国,说到以色列,少年的身影就会浮现,令我有点困扰。

丁半 [1]

这是很久很久以前的事,当时我父亲迷上了打麻将。

他是那种一旦着迷就得天天做才甘心的脾气,所以找不到牌搭子的时候家人只好牺牲一下。

吃完晚餐,小孩各自回房间。不到十分钟,纸门外就传来母亲的低声:"不好意思,爸爸好像想打麻将,出来陪他打一下吧。"

吃饭时我就猜到了,但小孩也有小孩的行程。

"我明天要考试,饶了我吧。"

这招不管用。

"上课时都在听些什么?如果是这种回家还得念书才能考及格的笨蛋,那我看也不用去上学了。"

他没有直接对我们说,似乎是这么对母亲说的。

---

[1] 丁半:掷骰子赌点数是丁(双数)或半(单数)的赌博。

"都是因为家里有四个小孩。要是顶多只有两个，爸爸再怎么努力设法，也无法打麻将。"

"事到如今讲这种话也没用吧。不好意思，拜托一下啦。"

母亲一个一个劝说，我和另外两个只好不情不愿地下楼去起居室。

正在看晚报的父亲，露出这才发现的表情。

"你们怎么下来了？又想打牌吗？真拿你们没办法。小小年纪就学会打牌，长大以后没有好事噢。"

没办法，那就陪你们打吧——他以这种姿态开始排麻将。

平日经常骂人，唯有打麻将时对我们讲好话，一下子叫母亲削苹果，一下子叫她泡红茶，拼命巴结小孩。

或许是觉得这样还不够，父亲提议来点赌注。虽说是赌，但对象是小孩，所以赌的是点心与水果。

第一名是巧克力球与橘子三个，第二名是两个，第三名是一个，最后一名没有奖品。

结果，垫底的幺妹，当时还是小学生，因为啥也没拿到，气得哇哇大哭，冲回自己房间不肯出来。

突然间，母亲发怒了。

"老公，你在干什么？最小的孩子输掉，不是当然的吗？身为父亲怎么可以那么不公平！既然如此，从今以后我们家都不准打麻将了。"

母亲平时即便被父亲骂也不会回嘴，所以这时父亲似乎非常惊讶。

我觉得有点怪。

比赛或打赌，从一开始就是不公平的。

但母亲不肯让步，逼我们把拿到的奖品都交出来，重新平均分配。

父亲不讨厌赌。

可母亲完全不赌。

"因为我不懂。"

她如此声称，从一开始就不碰。或许是觉得家庭主妇一旦学会打牌，会疏忽家事。

但我认为或许还有一个原因让母亲不用去赌。即便不打麻将或扑克牌，对母亲而言，每天恐怕就已是小小的赌博了。

相亲结婚，与不知是何来历的男人一起生活，替那个男人生孩子，还要替那个男人的母亲送终。每一桩都是豪赌。

现在或许是一半一半，但以前的女人完全是看跟了什么男人，就此决定女人的一生。更何况，还要替对方生孩子。简直是丁半。

生的是男是女。孩子有无出息。"想好了吗？下好离手噢。"荷官左右环视如此喊道，女人把自己的肚子当成骰子，当成装骰子的骰盅。

更何况，这场赌博无法作弊。

这种豪赌一生难得几回，但女人，天天都在小赌。

说穿了，是每天买菜。

该买沙丁鱼还是竹荚鱼。

该买鸡肉还是猪肉。

在大拍卖必须迅速找到想要的商品，推开人潮把东西拽过来。

"今晚我会早点回来。"

我要在家吃晚餐噢。丈夫说着出门了，但总觉得他会晚归。

这种时候，大手笔买生鱼片太浪费，还是用关东煮便宜打发吧。

站前新开的洗衣店，据说服务很好，赶紧甩开现在利用的洗衣店，改去那家吧。说到洗衣，气象预报说，最近应该都是好天气，所以老公唯一一件风衣，趁现在送去干洗吧。

儿子似乎与不正经的女人交往，这得赶紧告诉丈夫。不过丈夫似乎也和公司嫁不出去的女职员有点勾勾搭搭，万一他以为我是在指桑骂槐不太好吧。不，或许不当回事地直接说出，对他更有效。

是双数还是单数。女人似乎天天小赌，不停地在掷肉眼看不见的骰子。

沉迷赌博，被麻将或赌马迷昏头的男人，有时个人境遇会发生巨变。事业的浮沉，调职，诸如此类。这种时候，一般人会戒赌，或者稍微收敛，不再像以前那样杀红双眼，彻夜不归。

那个时候，自己的事业本身就是赌博吧。无须"Steed"或"桂high-seiko"这些知名的赛马，他亲自上场。所以，一国的首相或总统，或许不玩麻将或赌马也不会无聊吧。

玛丽莲·梦露

我遇到一个声称绝对不看电视剧的人,是位七十几岁的绅士。他说电视剧剧情太啰唆。稍微打个瞌睡,故事就变得很复杂,所以他不喜欢,但最大的理由,好像是因为同样的场面只能看一次。

相较之下,广告就好多了。若有喜欢的场景,只要在电视机前坐上半天,不停转台的话,起码能看到两三次。

这位绅士眼下最中意的,据说是女孩子在海边脱牛仔裤的场景。

"肉乎乎的女孩左右张望,看有无旁人注意后,迅速脱下长裤。我每次看了都会心里怦怦跳,猜想她会不会连剩下的比基尼也一起脱掉。妙就妙在那里。"他说。

那个女孩拥有当今电视女明星罕见的蜂腰肥臀,似乎也令老绅士特别中意。

"还有一个——"他说,突然间,"前面是海——"他以稍微走调的嗓音唱起歌来。

这首歌我也听过。

"前面是海，后面是啥啥的大渔苑。"

就是这样的广告歌，画面设定是正在海边收网，打扮成渔夫的成排小孩引吭高歌，中央有个七八岁的小女孩，手里还抓着条活蹦乱跳的鲣鱼。那条鱼跳动挣扎，女孩努力不让它脱手的表情很生动。这也是我喜爱的画面之一，但这位老绅士，据说中意到一天不看一次就不舒服。

他说那个小女孩很性感。"长大之后，一定是 Monroe。"

听起来像是"纹绍"，但大概是指"梦露"吧。附带说明，纹绍是织有花纹的绍布，乃旧时女子的夏季外出服。

在我小时候，看到母亲身穿深蓝色纹绍和服，系着白底绘夏草图案的腰带，手持白阳伞出门的身影，虽是自己的母亲，也不禁暗赞颇有几分姿色。

当然，那是区区在下的母亲，与玛丽莲·梦露自有天壤之别，只不过是"扭曲娃"。"扭曲娃"是父亲取的绰号，是扭曲变形版的丘比娃娃的简称。

我二十几岁时几乎都在电影杂志的编辑部度过。因为工作关系免费看了许多电影，也见过外国明星，唯一遗憾的，就是没见到玛丽莲·梦露。

有幸与艾娃·加德纳握手，那冰凉纤细的小手令我吓了一跳；也曾因出席记者会差点迟到，全力冲刺时在走廊转角迎面撞上的大块头竟是威廉·霍顿。可是唯独梦露，始终缘悭一面。

我去参加过她的记者招待会。

当时是与摄影师一同去会场，但会场太拥挤，加上梦露大小姐迟到，我在身体不适的情况下怅然而归。

那次是梦露与狄马乔刚结婚，造访日本顺便度蜜月。

宽敞的会场就像电车尖峰时段，毫无立锥之地。偏偏每过五分钟、十分钟，门口那边便会响起一阵鼓噪。

"来了！来了！"有人喊道。

摄影师立刻争相向前挤成一团，性急的人已开始闪镁光灯。急着见庐山真面目的我又蹦又跳，甚至爬到桌上，但她本人始终未出现。

"请再等一下。"

只有电影公司的宣传人员如此行礼表示。

"现在好像正在洗澡。"

"据说狄马乔醋意大发闹着不肯让她出来。"

这种小道消息四处流传，简直是鸡飞狗跳。

我本来就有低血压，再加上人潮拥挤，忽感头痛浑身不适。万一梦露一现身，后面就有矮小的日本女子因脑贫血昏倒，那简直是漫画场面。

让人久等也该有个限度，我憋了一肚子火气。于是拜托摄影师好好看着，自己先离开了。据说我前脚刚走，梦露小姐后脚就到了。

看来我遗传了父母的急性子，无法多忍耐片刻，因此错失女人的幸福。

把见到梦露当成女人的幸福或许可笑,但我至今仍觉得错失了千载难逢的良机。

记得在电视上,看过梦露在肯尼迪总统的生日派对上献唱生日歌。大概是民主党主办的,场面相当盛大热闹,梦露被叫上舞台。她穿着低胸礼服,看似非常尴尬,"祝你生日快乐。"她开口唱道。正确说来,那不是唱歌,应该是呢喃软语。梦露的歌声即便有心拍马屁也算不上好听,但那晚,也许是她太紧张,音准也抓不稳,听起来格外飘忽不定。

"她到底行不行啊?"

会场的人,肯定不分男女都这么想。大概近似家长参观小孩才艺表演时的心情吧。

梦露再次飘忽不定地重复同样的歌词。然后,稍微抬高音量,稍微放入感情:

"祝你生日快乐,我们的总统。"她继续唱道,"祝你生日快乐!"最后,她满怀情感,成功地唱出。屏息看到这里的会场众人,响起比总统演说更热烈的掌声。

若有幕后导演,那我认为此人是天才。梦露自己,虽然向来以少根筋的傻女形象为卖点,但我这时忽然发现,她其实是相当冰雪聪明的女人。

说到这里,我当编辑时见过许多梦露的宣传剧照与生活照,可是看似聪明的照片一张也没见过。这或许也是有幕后导演替她事先筛选过有损形象的照片，总之，梦露死时，我觉得傻女的时代，包装成傻女的聪明女子的时代结束了。

砍

我曾想过自己若是生在两三百年前，不知会怎样。

没有电、没有瓦斯，也没有自来水，没有钟表、没有冰箱，也没有收音机。晚上很黑，出门走在路上必须提灯笼。像我这种人就算再怎么投胎顶多也是庶民家庭嫁不出去的老小姐，所以晚上随便出门可能会遇上抢劫或砍杀。

我最怕的，是武士耍威风，以及腰上插着大小双刀到处走。

写电视剧本已有十年，但我经手过的古装剧屈指可数。

我很无知而且懒惰，所以写起没那么考究的现代剧比较不会丢人现眼。

即便如此，我还是经不起别人灌迷汤写了几本《清水次郎长》。

我只有从现代剧扣除电器用品与新干线的知识，我问对方是否这样也不介意，对方说没关系，请自由发挥。于是我有幸加入古装剧的行列。

"石松开门走到马路上。"

我不时因写出这样的人物动作招来耻笑，真的是一路跌跌撞撞地模仿前辈写出剧本。

写完后，总是被制作人骂。

他说打打杀杀的场面太少。

即便有那样的场面，多半也只是把人打昏，或拿刀背砍人虚晃一招，活活打死或一刀砍死甚至砍了又砍的场面几乎找不到。

悉数我写的人物动作剧本，只有三四个死者。

"黑道戏或捕快戏，如果不杀得更热闹，拍戏的人和看戏的人都会觉得很无聊。"

他的语气像要说：外行人就是这样才麻烦。

我很惶恐，把三四名死者咬牙增加，改写成十名左右，事后看到拍好的画面成果，坏蛋与捕快的死亡人数足足有我写的三倍之多。

"砍人时，要想着'这家伙也有老母与妻小'砍下去。"

说这句话的，记得是泽正，也就是名演员泽田正二郎。

我没看过这位名人的砍杀场面，但肯定很有震撼力。

不是切红白萝卜那样砍砍砍。

对方，和我一样都是"人"。有父母手足，有心爱的女人，是无论如何都不想死的人。如果这么想，砍人时的刀子重量与心痛程度自然也会有所不同。

即便如此，如果不砍人就会被砍，所以还是要挥刀砍下去。

那样会做噩梦，我没办法一下子写死十几二十个人。我这么一说，古装剧的资深制作人告诉我：

"如果杀死三四个人，就必须给他们一一取名，那样会显得很真实很残酷。但是杀死三五十个人的话，这是打斗场面惯见的模式，是老套。如果觉得会有报应，就更该狠狠地杀。"

看古装武侠剧，最心痛的是坏蛋的小喽啰或官府小卒被杀的场面。

只因为跟着坏蛋老大，就被人像虫子般砍杀。

"捕快来了！"

甩开官府的灯笼与捕棍，扑向饰演主角的大明星，被一刀砍死像柴棍倒在地上。

这些人究竟有什么罪过？

只不过是为了生活挥舞棍棒，因缘际会，不幸跟了一个坏蛋老大。被杀之后，剩下的家人该如何糊口？坏蛋老大一群人全部死光，圆满收场当然很好，但我总觉得，这样连补偿金或退休金都领不到，好像白死一场。

看到尸横累累的场面，我就会多事地担心谁来收拾善后，这种场合谁会出席丧礼，费用从哪儿来等，无法打从心底里享受看戏的乐趣，所以这种性格很吃亏。

对我这种人而言,最大的救赎,就是发现那些变成尸体躺平的人,大概是激烈的打斗令呼吸急促,憋住的气呼地吐出,或是肚子随着喘大气微微起伏。

碰上这种场合,严格的导演好像会视为 NG 重拍,但我很希望导演能够保留那种镜头。

啊呀太好了。没有真的死掉。这下子那些人可以领到一万或一万三的片酬回家了——也有软弱的观众为之安心。

我特别怕刀子,或许是因为二十几年前夜晚走在路上曾被人持刀威胁。

当时,我年轻跑得快,所以没有受到任何伤害,但我总觉得那晚的恐怖,渗透脑浆的某处,在我写古装剧时倏然出现。

那么只要是刀子我都怕吗?菜刀倒是无所谓。若是在厨房这个既定的场所,不管是多么锋利的菜刀或杀鱼刀,我都可以越切越顺手。

走夜路碰上刀子,最可怕。

不过话说回来,古时候的人难道都不怕吗?

把砍人的刀子插在腰上的男人,在路上四处打转。大家居然能泰然自若地与那种人擦肩而过,我这么一说,有人顶回来:"现代社会才更恐怖吧?"

这才想到,现代的确是方形铁皮车连一声"无礼之徒,给我闪开!"也没说就取人性命的时代。

熟面孔

我曾在外面偶遇亲人。

走在路上,看到亲人迎面走来。这种时候,不知怎的,我非常慌乱,支支吾吾,变得很尴尬。

我不大会虚心地举手打招呼。通常,会尽量装作没看到,以免被对方发现我已看到他。

临到即将擦肩而过时,我才以"现在才看到"的方式,以略显冷淡的声音打招呼。

对方似乎也是同样的心情。幸好,现在的都市行人很多,路上还放着招牌、邮筒、摩托车等乱七八糟的东西,不大可能是在空无一物的唯一一条路上,我这边一个人,对方也是一个人,以无处可逃的状态接近,所以这点相当值得庆幸。

这虽非 OK 牧场的决斗,但若是旁边啥也没有,在那种地方看到亲人走近,我恐怕会不知该作何表情才好。

十几岁时，父亲要去外县市出差，我曾奉命替他拎行李跟着去车站送行。

说是行李，其实只有三四天的换洗衣物。成年男人一只手便可轻松拎起，但父亲绝对不会自己拎行李。他拿着单薄的公事包，自己大步往前走。

母亲或我，有时是弟弟，跟在后面替他拎行李。现在难以想象那种情景，但在战前的我家，丝毫不足为奇，每个月总会上演一两次。照母亲的说法，父亲虽然表面上耀武扬威，其实很怕寂寞，所以母亲叫我们乖乖替他拎行李就对了。

拎行李无所谓，问题是在月台上等火车出发的时候。

父亲在位子上坐下后，对站在月台上的我正眼也不瞧，径自翻开经济杂志阅读，假装读得很专心。

起先，我不知如何是好，呆站在父亲座位的玻璃窗口。

父亲自杂志上抬起头，举起手，虽未发出嘘声，却比画出赶小鸡的动作。

我猜他的意思是说我可以走了，于是掉头回家。

没想到，父亲出差回来，心情特别差，对母亲如此抱怨：

"枉费邦子身为女孩居然那么无情。我叫她可以走了，她居然立刻就走。"

既然那么想让我待着，就不该把人家当成鸡鸭一样赶走吧？但我一时也想不出该如何回嘴，只好沉默以对。

下次奉命送他去出差时，我站在距离父亲的窗口稍远的月台柱子后面，把脸撇向一旁。父亲也满脸愠怒，埋头看经济杂志。

发车的铃声响了。

父亲的表情益发愤怒，朝我这边看。

"搞什么，你怎么还站在那里？"

他的表情如此诉说。

我也不高兴地看着父亲。那是战前，当然不会大咧咧地挥手道别，只是多看几眼。现在，家庭伦理剧若是出现这样的一幕，这对父女肯定会被视为发生争执。

傍晚下起雨，我奉命拿雨伞去车站接父亲。当时不像现在，还没有站前出租车，在检票口，总有抱着雨伞的太太或小孩等候家人。

我把伞交给父亲，跟在他身后回家。父亲接过伞时，只"噢"了一声。

没有说声"辛苦了"，也没说别的。在回家的路上也没有闲聊两句，只是快步行走。

记得那是夏天的夜晚。

父亲返家的时间，下起强烈雷阵雨。我拿着伞急忙赶往车站，不快点去会来不及。我家这位老爹性子急，明知有人会来迎接也不肯等，宁愿拔腿就走。当时，我家在东横线祐天寺车站旁，我一如往常，抄近路快步走过小树林。

那里连路灯也没有，很是漆黑。

对面那头传来七八人的脚步声，肯定是赶着回家的上班族。

说不定,父亲也在其中。但是,即便擦肩而过,也看不见面孔。无奈之下,我只好在每个人擦肩而过时,低声喊出父亲的名字:

"向田敏雄。""向田敏雄。"

"笨蛋!"

我忽然挨骂。

"哪有人边走边宣传老爹名字的!"

父亲一把抢去雨伞,一如既往率先迈步走出。

事后母亲说:

"爸爸夸奖你呢。"

据说他一脸好笑地说,那丫头倒是挺机灵的。

不久前,我洗完澡正在擦身体,电话响了。

基于独居的自在,我直接走到客厅,拿起话筒。

是友人打来的电话。我坐在地毯上,聊着近况,忽然浑身僵硬。

就在脚边,有一张熟面孔看着我。

是剧作家仓本聪先生。

周刊《文春》的封底,是他带着雪白的北海道犬山口,坐在河边,看着镜头的照片。那是大家熟知的可果美番茄汁的广告。

我当下慌了手脚,急忙拿毛巾遮住身体,电话的交谈变得心不在焉。仓

本氏的广告,有一句文案:

"在意。愤怒。感动。"

而我的情况是:

"在意。震惊。慌乱。"

熟面孔出现在广告中,实在是不幸又不便。我打算改天正式向仓本氏请求,可以的话,请勿登上封底。

鲫鱼

"拿起筷子，感谢天地恩赐。"

有段时期，吃饭前必须先这样吟诵。

我想那应该是战争末期。

是与"消灭敌人吧"[1]这种口号一起流行的，还是热爱这种东西的父亲从哪儿学来叫小孩实行的，我不清楚，总之小孩如果没讲这个就想开动会被斥骂：

"拿起筷子时要怎样？"

虽非名门世族，我家对礼节却很讲究，甚至令我怀疑小时候继"奶奶、饭饭"之后学会的字眼八成是"开动了"与"谢谢招待"。

餐前也不能只说"开动"，父亲晚酌的时间很长，他自己若还不急着吃饭时，总是会命我们说：

---

[1] 原出自《古事记》神武天皇"东征"一节。日本陆军省于1943年为激发国民对美国的斗志，发布了五万张以此为口号的海报。

"恕我先开动了。"

不只是吃饭,比父亲先洗澡或看报纸时,如果没有说声"恕我先用",一定会挨骂。

或也因此,我也养成动不动就说"恕我先用"的毛病。在餐厅与陌生人并桌,我点的东西送来了,先拿起筷子时我才发觉自己已不自觉说出"恕我先开动了"。并桌的客人若是长者,会向我点头还礼,若是十几二十岁的人,有时也会表情古怪地定定瞪着我。

说到这里,有一次我在电影院的厕所牌位等候。终于轮到我时,忍不住又犯了老毛病,转身对着排在我后面身体正微微颤抖的十七八岁的女孩说:"不好意思,先……"

这时,女孩一把推开我,冲进厕所。

怎么会这样?我的意思是不好意思我先进去了,不是不好意思你先请。连这种客气话都听不懂吗?这样日本很快会完蛋噢!我本来又犯了老毛病很气愤,但是在她之后进厕所,静下心来想想,我才发觉并非如此。

她其实听懂了。虽然听懂了,但她逼急了,已无暇顾及。

"开动"或"恕我先用"想必会是一辈子如影随形的客套话。相形之下,"拿起筷子"显然比较短命。

有时纵使想说"拿起筷子",若是碰上当作代用食品的地瓜稀泥,泡水的农林一号稻米,薄得几乎可以看透的面片,掺有南瓜茎的玉米粉面包,根本不需要筷子。

"天地恩赐"已经没了。

一如日本一再战败,飞机和子弹都已用尽时政府还在宣扬"消灭敌人吧"这种口号,事态往往与口号截然相反。

之所以有"步行者天国"这个名词出现,想必是因为平日是步行者地狱。吟诵"拿起筷子"时,我应该是十四岁或十五岁。记得当时还因此思考起以前从未想过的"进食"这件事。过去,向来是母亲把父亲拿回来的薪水省吃俭用喂养我们。但是,战争爆发,缺粮这种事态发生后,这才明白一个人就算再怎么仓皇奔走也没用。好像有种聚集在巨大的东西底下,仰首等待之感。

我对䲟鱼这种鱼,抱有不寻常的关心。

所谓的䲟鱼,是紧黏在鲨鱼的身体下方,以捡拾大鱼吃剩的东西维生的小鱼。

䲟鱼是什么时候借由什么管道黏上自己的金主的?

鲨鱼当中肯定也分大方的与小气鬼。或许是因为先入为主的想法,总觉得鲨鱼看起来就眼神阴险,但那是以人类的眼神为基准,若照鲨鱼的标准来说,或许也有眼角下垂看起来慈眉善目的鲨鱼。

若是机灵的䲟鱼,找到既有生活力又大方的金主会很幸福,至于不机灵的鲫鱼肯定总是过得很悲惨。只要留那么一小口给自己就好，但金主却故意狼吞虎咽，不把指望自己的小鱼放在眼里时，鲫鱼是否能够中途死心改换到别的鲨鱼身下呢？

跟着A这条鲨鱼的鲫鱼，与跟着B鲨鱼的鲫鱼相恋时，两条鱼会步向何种命运？如果母鱼跟着金主收获丰富剩菜较多时，公鱼会在母鱼的周围打转变成吃软饭的吗？

会不会两条鲫鱼正在幽会时，金主游到远处，就此失散了呢？

直到最近，我才知道鲫鱼也称为小判鲨，不一定非得黏在其他鱼类的身上，自己也会游泳猎食。这种鱼倒是可以吃，但是好像不太好吃。

电视新闻中，参观公司的学生们，与代表公司的——想必是人事课课长层级的人，正在一问一答。

大家都很认真，眼神拼命得甚至令旁观者感到抱歉。

他们很年轻，神采飞扬。

人无法选择父母与生长环境。勉强能够自己选择的是就业与配偶。

参观公司做面试，对男人而言，大概等于人生的相亲吧。

那是在选择今后要一辈子跟着遨游水中的鲨鱼。

他们选的是身强体壮、反应灵活、运气好又大方的鲨鱼。

我父亲也是一辈子都在扮演鲫鱼。身为鲫鱼之子的我，在二十几岁的那九年当中也是鲫鱼。现在自己单枪匹马好歹还算是悠游水中。我看着电视，在事隔多年后，又想起昔日应征公司时那不安与期待的瞬间。

拍照者

我到目前为止见过最可悲的动物园——这么说，好像我对全世界的动物园很了解似的，其实顶多只看过五个。

所以我没资格写什么伟大的感想，但那个动物园实在粗糙到令我忍不住想这么说。

那是十三年前，在泰国清迈的动物园。

唯有写着动物名称的名牌有模有样地竖立着，很多笼子里都看不到本尊。

主打商品，是老虎，但那个兽笼之糟糕，该说是散漫还是马虎，总之我若是老虎，肯定当场越狱逃走。

而且，底下不是水泥地，是天然的泥土。在那个国家，每天傍晚总有一场滂沱大雨。我去看的时候也正好刚下过雨。

底下，成了一摊烂泥浆。

巨大，却已年老的孟加拉公虎，可悲地任由肚子底下被泥泞弄脏，干燥结块，再次弄湿，又变干结块，看起来非常肮脏，已经成了根本不像老虎的动物。只有没被泥浆弄脏的背部像老虎。

肚子那里，简直像猪。虎猪，以悲哀又充满威严的目光，躺卧在似乎快要腐烂的树木分杈处。

我把相机对着它，按下快门时，总觉得非常愧疚。

我迷恋猫科动物，所以这时气得发抖，心想这样对待老虎太过分了，但近年去非洲，在大自然中看到狮子，才发现自己的浅薄。

那本是野生动物的自然模样。与其待在冷暖空调完善的房间，每天隔着玻璃在几百几千颗眼珠子的注视下恋爱结婚，倒不如任由肚子底下的泥土结块，躺在泥泞上，看着偶尔进来的人类发呆，或许更幸福。

同样在泰国，不愧是首都，曼谷的动物园就气派多了。不过，与上野动物园相比，还是很简朴。

我盯着当时在日本看不到的一种山猫，左歪右扭，一再试图拍照。

山猫躲在笼内深处的巢箱里不出来。无奈之下，我只好"喵，喵"模仿猫叫声，试着吸引它注意，但它或许正想睡觉，完全不理睬我。

蓦然回神，周遭已挤满黑压压的人群。

单独旅行的日本大妈，撅起屁股手持相机学猫叫，想来的确是可笑的奇观。我面红耳赤地想离开，忽然站住。因为聚集的十二三人，不约而同地发出不可思议的叫声。

"喵——"

"哞——"

泰国人原来是这样叫的。不过,这只山猫或许正在罢工,到头来,终究还是没露面。

十年前我用的是傻瓜相机,但自去年起,我开始尝试使用比较正式的相机。

只要对价钱的昂贵与机型的笨重忍耐一下,的确焦距清晰,色彩与拍出的成果都别具一格。

矮小的我挂着附带二百毫米望远镜头的相机,身穿美军外流的绿色宽松衬衫,拿丝巾裹头只露出眼睛到处走,也有人哈哈大笑说我看起来像阿拉伯游击队的小厮。想笑就笑吧。

我拍到暮色中走过肯尼亚草原的怀孕母狮,自称杰作,为之意气轩昂。

"这和赌马一样,新手的运气都会特别好。"

也听到这种说法,但我自恋地以为说不定我在这方面颇有才气,于是又不知悔改地前往北非马格里布三国。

在其中一国摩洛哥,我遭到当头痛击。

记得那是卡萨布兰卡的郊外。

靠近海边的后镇一角，有伊斯兰教学校。以阿拉伯式的彩色瓷砖装饰，虽然相当古老却极为美丽。被选中的孩子们，在此学习《古兰经》，学习被称为叫拜（adhan）的《古兰经》默诵。

在那门前，躺着一位老人。年纪相当老。起先，我以为那里放了一团破布，但白胡子与拐杖，还有污黑犹如柴火棒的两条腿让我发现那其实是人。

我感到抱歉，但他作为拍摄对象相当有趣。我悄悄把相机对准他，按下快门。我换个角度想再拍一张时，一名少年站在老人前面。少年十二三岁吧。他转身背对我，像要用身体保护老人般伫立着。

遮住老人身体的，是少年那宛如沾了粉、细如免洗筷的卡其色双腿。我无法再次按下快门，就此离开。虽然暗忖那才是摩洛哥，却无法拍照。我觉得自己果然是外行人。若是真正的专家，肯定非拍不可吧。

在外国拍摄人像，我才明白。在相机罕见之处，大家都会眼睛发亮地聚集过来，开心地任我拍照。但在相机比较普遍的地方，被拍的人一律露出不悦或深深怀疑的表情。

回到日本把照片洗出来后，望着那些不知名的陌生面孔，我感到，这张面孔，这个眼神，好像曾在哪儿见过。

那是明治维新时的坂本龙马，是当时日本男人的面孔，和我家的相簿里已褪色成羊羹色的祖父母及亲戚们的面孔一样。我们历经百年时光，终于转而成为拍照者。

合唱团

我在早稻田的大隈讲堂的舞台上唱过歌——这么说好像很厉害，但当然不是独唱，是合唱团的一员。

说到早稻田大学的合唱社团，有著名的 Glee Club，但是和我们一起唱歌的，是比较不出名的早大土木科系的有志同好。

我还记得好像是因为女生的人数不够，没有经过特别的音阶考试就让我加入了。

我的嗓音是从头顶发出的尖声（现在也是）。或许是觉得若能以低沉的嗓音唱歌的话，人生该多么美好，所以才会一脚踢开国标舞社的邀请，倒戈投入合唱团的怀抱。

一进去，同样因为人数的关系被编入低音部。也因此，这时唱的《流浪之民》等三首曲子，我只会唱低音部。

我的学校在涩谷。每周有几次会在放学后去早稻田大学练习。

在高田马场下电车，还要走一段路，不知为何，总有卖整尾烤鱿鱼的商店映入眼帘。

正是食欲旺盛的年纪偏偏粮食紧缺。鱿鱼带有酱油焦香的气味，一路渗透到五脏六腑。好像很好吃，好想吃——我边想边走。

这条路走了十几二十次，但到头来我一次也没买过鱿鱼。或许只是因为手头没那么宽裕，买不起吧。许是因此，至今听到舒曼的《流浪之民》的旋律，还是会有烤鱿鱼的气味飘过。

进了合唱团，我学到很多事。也发现大家最紧张的，并不是在舞台上表演时。而是决定在舞台上该怎么排队时。

我们唱歌时，团长就在我们之间走来走去。

他一边半闭着眼，露出非常深谋远虑的表情，一边把自己的单边耳朵凑近我们唱歌的嘴边仔细聆听。

另一边的耳朵，就像男星鹤田浩二先生唱歌时那样，举起一只手贴在耳边。

团长一个一个听，不时微微点头或歪头。

"好，你站这里。"

"你就那样保持原状。"

把我们推过去扯过来，调整扇形的合唱团阵容。

意志力薄弱或音准不稳，会被隔壁的高音部拉去的人，被团长下令搬到中央部。

胖嘟嘟或唱歌时身体晃动特别大的人,如果不握紧拳头甩动就发不出高音的人,一律后面请。

大家一边体会到小小的优越感与自卑感,一边高唱:

"榉树森林的叶荫下,盛宴热闹。"

当天,女生一律必须穿白衬衫与黑裙子,我只好把父亲的旧衬衫改成舞台装。

唯一一条哔叽黑裙熨烫过度,发出讨厌的光泽。

夏威夷乐团上了舞台,可以看出他们那颤动肚子的音色令全场沉醉。

接着轮到我们。

大家似乎都口干舌燥,不停拿起水壶倒水喝。

"没时间了,要上厕所的忍一下。"

团长的命令转达过来。

然后,上了舞台。

一旦开口唱歌,已无边缘或中央之分。

就男人的标准而言,长得尖嘴猴腮的人,这时格外可靠。看起来颇有男子气概,甚至令人产生就抓着此人游到底的念头。

至今在电视上,看到妈妈合唱团,我还是会想起当时的情景。

即便是维也纳少年合唱团的天使美声，想必也是可爱的孩子站在前排吧？

无论是草莓或枇杷，形状硕大完美看似好吃的会放在最上面。

但是，唱歌的时候，已忘了那种事。

绝对不可标新立异引人注目。

但是，也绝对不能偷工减料。

既是个人，亦是全体。

合唱团的人，个个表情生动。正因无法像独唱者那样毫无保留地发挥，所以格外有种压抑的感情，是低调的张扬。

虽然仅此一次，但或许是因为亲身体会过，我对合唱团的人，尤其是女人的表情特别喜爱。

那是我毕生唯一一次的合唱团经验，之后唱歌完全不行，尤其记不住歌词。

对着他人写的歌词，感叹写得真好、这歌词写得太棒了，轮到自己要唱时却更改歌词乱唱。

这不是在大隈讲堂合唱的那次。记得是学校毕业典礼彩排的时候吧，我碰上很窘的场面。

我心想只有一个人记不住校歌歌词没关系，就让其他人唱吧，于是敷衍地跟着乱唱,但大家似乎决定联手给我一个教训。当校歌歌词唱到"大和抚子",我心想,啊,这句没问题,这么接词顺理成章,于是我大声在这句之后,唱出"女郎花"[1]。

那一刻,大家居然全都停下不唱了。全场鸦雀无声。接着是一阵爆笑。

这时,老师对局促不安的我说:"将来有一天,我们再请你替校歌作词。"

---

[1] 秋季七草是"萩、尾花、葛、抚子(石竹)、女郎花、藤袴、桔梗",但"大和抚子"也指温婉的日本美人。

警视总监奖[1]

有生以来头一次被警察逮捕，是在我就读实践女子专校二年级时。

暑假回到父母居住的仙台，在行李箱塞满白米回到东京的宿舍时，被派出所的警察先生叫住。

当时，严格禁止私运黑市米，一旦发现当场没收。犯法实非所愿，但在配给的主食一直迟配、欠配的东京，若是乖乖守法只会营养不良。

我们这些学生不时交换各种情报。

"把内衣放在皮箱最上层，年轻的警察会面红耳赤，不敢再多看。"

"我觉得镜子比内衣好。他们自己还不是不吃黑市米就会饿死，还好意思取缔别人！让他们照照镜子看清自己的嘴脸应该就会放我们一马吧。"

这是蛤蟆油[2]。

---

1 警视总监是日本警界最高职级，类似中国的公安部部长。
2 蛤蟆油本是江户时代的外伤用软膏。卖膏药的小贩推销时，吹嘘此药是把镜子放在自以为貌美的蛤蟆周围，蛤蟆被自己的丑陋吓到不停冒汗，把这些汗收集起来熬制就成了"蛤蟆油"。

我从当时就很懒散，所以没有采取那么迂回的手段，即便如此，经过警察的面前时，我还是会把装了米的沉重皮箱，看似轻盈地拎着快步走过。

自仙台开往上野的车中，挤满往东京运米的黑市贩子，经常一起遇上取缔，但检查人员似乎也能辨别职业贩子与一般老百姓，所以我从未被拦下。

没想到，抵达上野，改搭市电在麻布今井町那站一下车，就被警察叫住。

再走二百米就是我寄宿的祖父家。因此不免心情放松，在经过警察前方时忘记要刻意轻盈拎行李的规矩。

我被带去派出所，命我打开行李箱。

我一时之间气得脑充血。

"如果非叫我打开，那我可以打开。里面的确装了米，是我从仙台辛苦带回来的。在车内遇上取缔时，幸得放我一马，前面不远就是我寄宿之处了。即便如此，还要叫我打开吗？"

那是个干瘦的中年警察。

不过当时的日本人其实都很瘦，但此人特别瘦。

他沉默片刻。

"算了，你走吧。"

说着，开始填写日志之类的东西。翌晨，我去上学时，又遇到那个警察。我向他敬礼，他却把头一撇不肯看我。

逮到色狼，是在又过了三年后。

当时，我家已搬到井之头线的久我山，我下班后去学英语。回家的路上，在已离家不远的暗处，突然被人持刀抵住。我似乎天生特别容易在家门口遇上灾难。

"要钱吗？"

我连讲两次，但男人都不回答，只一味把我拖到旁边的竹林中。

我家的门灯就在眼前，偏偏却束手无策。我左手拿着相机，是向友人借来的外国货，这如果被抢走怎么得了。

我并未想到还有些东西比相机更珍贵，身为女人被抢走那个会很麻烦，一心只想着相机、相机。

男人在竹林的入口处咳嗽。

我趁机把左手的相机用力一挥。相机打到男人的肚子，我甩开他的手，拔腿就跑。幸好色狼身材矮小，而我素来擅长模仿田径选手跑跑跳跳。我立刻报警，直到天亮膝盖还在打哆嗦，一开口，语尾不禁颤抖。

我被迫停止夜间补习。那点固然令人气愤，但是，"对方真的持刀吗？有时太害怕了也会看走眼。"承办警员的这句话，令年轻的我大为光火。

我把下班时间每次挪出十分钟，沿路检视井之头线的电车，就在一个星期后的傍晚，找到那名色狼交给警方，现在想想，只能说是傻大胆。

此人是惯犯，据说也有受害者被刺中腹部身受重伤。

高井户警署的警察请我吃豆皮乌龙面与盐味煎饼，还告诉我：

"我们想替您申请警视总监奖。"

如果得到这个奖，将来万一触法时，多少可以酌情减免。人生在世，谁也不知会发生什么事，所以还是收下吧——年长的警察先生如此建议。

我虽然心动，但还是拒绝了。因为父亲大发雷霆，坚决反对。

哪怕是未遂，光是被色狼袭击就已经够难听了，一个女孩子家居然还亲自抓色狼，他说那更不像话。

如果获颁警视总监奖，报纸上会刊登照片与姓名。他坚持说那样会影响我的婚事。

承办警员似乎有点遗憾，但我从那之后，就和领奖再也无缘。

之前，优等奖、运动会赛跑的第一名、拼字比赛得奖等，好歹还领过一些奖，但就像鲱鱼有一天忽然自北海道绝迹，小钢珠再也不出珠，从此，我好像再也没啥表现。

谈到寥寥无几的奖赏，顶多只有高尔夫球与保龄球的奖杯，虽然写过一千部电视剧，却和脖子以上使用脑袋的奖赏始终无缘。

"人家山田老师与桥田老师都得奖了。"

也曾不经意听到母亲如此小声嘀咕，并不是名字只要有"田"就一定会得奖。

写履历时，我一边加注无赏罚记录，同时"反正嫁不出去，早知如此当时应该收下警视总监奖才对"这懦弱的想法忽然闪过脑海。

这把年纪应该不会再遇到色狼袭击,况且与三十年前相较也已跑不快跳不高了,所以恐怕不可能再拿到警视总监奖。

虽然已不抱希望,但不是我要借用警察先生的话,人生的确难以预料。不知吹的什么风,居然领到直木奖。警视总监的仇仿佛在直木三十五身上讨了回来,有种不可思议之感。

白色的画

　　坐在桌前瞪着白色格子忽然想看海。于是搭友人的车去湘南,来个海边一日游。那是大约十年前的事。

　　假日的车潮惊人,慢吞吞地以每次挪动一寸或五分的龟速前进。我耐着性子,好不容易忍到快要看到海时,车子却抛锚了。

　　车主是个精通机械的人,声称小故障自己便可修理。把车子停靠在路旁,用千斤顶抬起车,铺一条麻布袋,钻到车底下,开始东敲西打。

　　友人一边嘟囔着耽误时间不好意思,一边躺在烫人的柏油路上,弄得浑身油污,车上的人当然也不好意思坐着不动。附近又没有咖啡店。无奈之下,四名同车者只好在路边排排站,伸长脖子看友人修车。

　　友人说马上就能修好,但那辆车是当时日本还很少见的进口轿车,因此过了一两个小时还是没进展。

　　无奈之下,我去离马路有段距离的农家看看能不能讨点水。

母猪刚好才生产完，宛如粉红色羽二重饼[1]那样粉嫩的十只小猪崽，你推我挤地抢着喝母猪的奶。

我以前听说猪圈很臭，但这家打扫得非常干净，母猪也浑身粉红色胖嘟嘟的，我甚至忘了讨水，就这么痴痴地看了三十分钟。

抛锚的车子，花了三个小时才修好，抵达目的地，换上泳装时，太阳已西斜。

这天，我们的脖子比肩膀和背部晒到更多太阳。

眺望地面与猪的时间远胜于看海的时间。

本是想看A才出门，结果不知何故却是看B而归，这种情形屡见不鲜。

犹记十年前，我听说拉斯维加斯有猫王的表演，本来要去秘鲁，硬是在旧金山下机，趁着转机去拉斯维加斯一看，正在上演的是芭芭拉·史翠珊的表演。

猫王的表演昨日已结束，听到别人这么说，我只好观赏身穿伞兵部队似的银色连身装、明显偷懒以鼻子唱歌的芭芭拉歌舞秀。这种时候赌运也不佳，稍微赚到的是回程在拉斯维加斯机场，那机场的形状类似小钢珠，虽说赚到了，可那点钱顶多也只够买热狗与可乐。

---

[1] 羽二重饼是福井县的点心，类似麻薯，口感非常柔软。"羽二重"本是丝织品，以触感柔滑有光泽为特征。

这次旅行,还有一桩趣事。

我早已计划好一抵达西班牙的马德里,就要立刻去普拉多美术馆欣赏戈雅的作品。

前一晚弄到很晚,所以同行的友人们还在睡。

我早早起床独自在街头上班族专用的餐馆里站着吃三明治早餐,然后一边问路,一边走向普拉多美术馆。

坐出租车太浪费。

虽然我一句西班牙语也不会,但靠着地图与指手画脚,我想用走的方式,一路走到长年梦想的场所。

那种心情,或许流露在问路的态度上,卖橘子的大婶拎着我的脖子,叫我坐在地上,用写价钱的粉笔在路面石板画出路线给我看,还送了我一个橘子。

通往普拉多美术馆的路上,我就咬着橘子一路行去。不料,竟然没见到憧憬的戈雅画作。几乎所有的名作,通通不在。本来挂画的地方,现在一片空白。后面贴着"Japan"(日本)这张纸片。

日本正举办盛大的戈雅展览,《裸体的玛哈》也全都去日本旅行了。

啊啊,那幅不在,这幅也没了吗?望着下方的标题与"Japan"贴纸,我缓缓走过古老的石造的、冰冷的美术馆。

现在,说到《裸体的玛哈》,那间石造的、天花板特别高的晦暗房间中央,唯有那块发白的壁面与"Japan"一词会浮现在眼前。这或许也算是旅途的回忆之一。这样其实也不错。为了排遣不甘,我决定这么想。

与父亲打交道四十年,长大后一起去看电影的经历,却仅有一次。那时我二十岁出头,电影是《鹿苑长春》,主演是葛雷哥莱·毕克。而且,这并非父亲主动找我一起去,是我暑假返乡时,母亲怂恿:"偶尔也带小孩去看个电影嘛。"

父亲不好意思,于是趁着啤酒的酒意,如此咋呼起来:"喂,走吧。快去换衣服。"

没想到,父亲进了电影院一坐下来,不到十分钟就睡着了。脖子重重地向前倒,也不看是什么场合就鼾声如雷。

周遭每次响起嘘声时——

"爸爸。"

我摇醒他,但他只有那时才睁眼。

电影快演完时,他的酒意似乎也退了,终于醒来,但我气得在回家的路上一句话也没跟他说。

母亲说:"怎么样?听说小鹿非常可爱。"

父亲似乎一头雾水:"小鹿?那种东西,有出现吗?"

没出现是理所当然。主演的少年发现小鹿前他就睡着了,醒来时已是小鹿被射杀之后。

　　前面写到一提起《裸体的玛哈》就会想起空白的壁面与"Japan"一词云云，但我发现这并不正确。

　　至今回想普拉多美术馆时，墙上分明挂着《裸体的玛哈》。本该没见到的那幅画不知几时已挂在墙上了。

　　岁月，在回想之中，像拼图一样嵌入记忆。

总统

我坐在美容院的镜子前。"不要把头发梳得往上竖起来。"

说完，不免想起十五年前曾用破英文这么说过。

那是在曼谷某饭店的美容室。冲进美容室时，我的外表相当糟糕。之前去柬埔寨参观吴哥窟，随即进入泰国，因此肤色黝黑，头发毛糙蓬乱。

美容师是个二十岁出头的年轻泰国女孩。

"知道了。"

她大大点头后，说道：

"我在山野美容学校念过书。"

她骄傲地抬起下巴。

镜子上方，并排映出两个镜框。

镜中的影像左右颠倒，一张是普密蓬国王与诗丽吉王后的肖像照，另一张，好像是山野美容学校的毕业证书。

东南亚的人身材都很娇小，手脚尤其纤细。被那修长灵巧的指尖按摩头部,实在太舒服,不禁昏昏沉沉打起瞌睡。被对方摇晃,我才醒来。一看镜子,霎时怀疑眼花。

镜中出现的不是我,是个泰国女人。头发根根倒立,像布袋和尚一样露出额头,把头发向上梳得很高很高,肤色黝黑的泰国女人,身穿红色布袋洋装端坐。

红色布袋装正是我的衣裳,所以此人显然是我,但这究竟是怎么回事?

"我不是一再交代不要往上梳吗?"

我兴师问罪,美容师嫣然一笑说:

"可是夫人,这个发型和诗丽吉王后一样哟。"

的确是同样的发型。

泰国王室深受国民尊敬之事早有耳闻,但我没想到会这么夸张。诗丽吉王后是泰国女人的偶像,与王后相似的女人似乎就是美女。

抱怨也没用,我只好默默走出美容院。赶紧回自己的房间,把被发胶喷得硬邦邦的布袋头拆毁,重新来过。我怕被同行的友人发现,低头快速钻进电梯。

电梯门要关闭时,忽有两名日本男人冲进来。是中年男人,好像正在商量买东西。买的不是物品,似乎是活人。换言之,是针对 after dark——夜生活的价钱等方面进行露骨的情报交流。

看样子,他们好像把我当成泰国女人,以为我听不懂日文。我觉得有点好笑,出电梯时,忍不住以日文说:"恕我先走一步。"

想到当时两名男性的表情，我深深感叹当时年轻气盛不免有点同情，不过我要说的不是那个。我想说的是，美容院的女孩子一口咬定"像诗丽吉王后不是很好吗"的那种自信。能够对自己国家的代表象征理直气壮地感到骄傲，令我很羡慕。

很久以前，我喝醉后好像告诉别人我不想变成大人物。绝对不能让自己的面孔出现在邮票上。对方问我理由。"因为，被陌生人从背面舔口水，那样又恶心又痒，多讨厌啊。"

据说我如此振振有词，不知天高地厚到此地步，简直成了漫画。

说来丢人，但也不尽然是鬼扯，英雄或伟人一概与我不搭调，所以我坚持不写会变成钞票或邮票或铜像的那种人的戏剧。我喜欢凡夫俗子的凡庸戏剧。那时我以为，只要能描写出满身缺点的男与女为了无聊琐事唠唠叨叨的情景就够了。可是，最近我深信绝对没问题的人，忽然变成了大人物。

在我二十几岁担任电影杂志记者时有个男演员叫罗纳德·里根，此事我至今仍记得。

他的前发像丸子般高高隆起，不知是用发蜡还是发油弄得油亮（不知何故，现在还是同样的发型），每次都是饰演主角的"好友"。

起先，他饰演女主角的男友，但女主角移情别恋，后来出现的男主角，枉费他送花邀舞却落得失恋被甩的下场。明明已被甩,当那对情侣碰上千钧一发的惊险场面时,他会率领骑兵队赶往某某城堡,是个善良的男三或男四。我记得曾经在画报页用过一两次此人的剧照。但是,那是因为我弄不到泰隆·鲍华和亚伦·赖德的好照片。他从未以彩色照片登场。

此人唯一可取之处,想必是一次也没有饰演过阴险的角色,无论是杀人魔、卑鄙的叛徒,或者变态。我不记得曾经见过那样的罗纳德·里根。一方面固然是因为他没有那么好的演技去扮演那种人物,但另一方面还是因为他与生俱来的个性开朗快活。

他成为加州州长的新闻,也因为加州本就是好莱坞所在地,因此我并未太惊讶,但他成为总统把我吓到了。若是查尔顿·赫斯顿我还能理解。

"若以日本的演员来比喻,他像谁呢?"

说到这种话题时,有人回答:

"大概是叶山良二吧。"

想想怪好笑的,众人忍俊不禁,叶山良二先生,请别生气。因为这表示再过二十年,您说不定也会成为日本的总理大臣。

邮筒

我出门寄信。

不是右手持刀、左手拉缰绳[1]，而是右手一串钥匙、左手拿明信片。邮筒与我住的公寓近在咫尺，但是一看到邮筒我忽然有点喘不过气。

因为我担心自己会不会把钥匙当成明信片丢进邮筒。

或许有人会说该不会是精神衰弱吧，但我生性皮糙肉厚，不管任何时候都不会失眠或食欲不振，颇能随遇而安。我想应该没有那方面的困扰，只是就在不久前，我才刚刚听说，友人出门寄信顺便买烟，结果把刚买的香烟塞进邮筒，拿着明信片回来了。

我本来就粗心大意，有过类似的失败经验。当时我想做鱼松，煮了飞鱼，花了很长时间仔细挑鱼刺，到此为止还好，但蓦然回神，却发现我把鱼肉扔进垃圾桶，留下鱼皮与鱼骨。因此看到邮筒，不免丧失自信，担心自己又

---

1 此句是描写日本西南战争的歌曲《田原阪》中的歌词。

搞砸了。

问题就出在不该右手拿钥匙,于是我把左右调换,一边暗恨自己穿的是没有口袋可以放钥匙的连衣裙,一边把明信片塞进邮筒。

记得在我刚开始滑雪,好不容易可以左右拐弯时,五六个技术半斤八两的朋友一同站在斜坡上,眺望滑雪场。当时滑雪还没有现在这么盛行,所以滑雪场很空旷。一个人率先滑出,半路上帽子掉了。当时,在我身旁的青年,是东京大学毕业的高才生,也是大理论家,他轻轻举起一只手以垂直滑降的方式滑下去了。

"OK。交给我解决。"

感觉像在这么说。

不愧是理论家,他是我们这群人当中学得最快的,滑雪教练也老是夸奖他。他的滑雪方式从容不迫。往右弯就是帽子。但是,不知怎么想的,他竟悠然往左弯去。滑过雪的人想必都知道,右弯时必须先用左肩左脚做动作。想必是在那一瞬间搞错了动作吧。帽子被留在原地,理论家缓缓滑向相反的方向。那天一整天,理论家都臭着脸,不肯正眼看我们。一只手拿钥匙,一只手拿邮件站在邮筒前面时,我好像总会无意识地想起当日的情景。

邮筒旁站着一个女孩。身高与我差不多,穿着稚气的漫画T恤,胸口扁平,双腿像铅笔一样僵硬纤细，可见应该是小学六年级，顶多是初中一二年级。

是和人约好要站在邮筒旁等候吗？我这么暗忖着走过去，买完东西回来又经过那里，正好红色的邮务车来收邮件，刚才那个女孩似乎正在拜托邮务员。

"寄出去会很不妙。"

她如是说。

看样子，好像是在与邮务员交涉想把丢进邮筒的信件要回来。我一边看着旁边古董美术商的橱窗，一边斜眼偷瞄，只见邮务员将一个缀有花纹、相当厚的信封还给女孩。

不知那是什么样的信。

我喜欢你？或者，我们分手吧？无论是哪一种，本已寄出却又改变心意，所以才站在那边等吧。或许是因为我自己抱着想象旁观，总觉得女孩有女人的眼神。我发现发育早并不只是看胸部或屁股。小学的时候，有个同学的绰号叫"邮筒"。那是个有点温吞的孩子，好像是因为他总是张嘴伫立，所以得到这样的绰号。许是因为一直张嘴，他挂着鼻涕。那鼻涕是现在少见的黏稠鼻涕。说来不可思议，唯有这个，已变得很罕见。是因为营养好，还是因为盘尼西林问世了？

邮筒张着嘴的情景，也成了昔日往事。现在的邮筒，和早年那种浑圆柔和的外形不同，是方正的金属材质，闭着嘴，一脸聪明相地站立。醉汉可以轻松拥抱的，想必是以前的邮筒。

用了几十年，却一直没思考过"post"这个词。

为求谨慎起见我特地翻了一下百科全书，语源是拉丁文，意思据说有三种。

第一，是来自 postyce，意指立棒、木桩、柱子之类；第二是来自 ponere，是军队或警察的守备区域，或者守备队本身，转为官职、地位之意；第三，是 ponere 演变而来的邮件。

据说，这个词的意思是被放置、被安置之物。

许是因为我没有语言学方面的知识，每次听到 post 大平[1]，就会想起保持立正不动的姿势杵着的旧日邮筒，不禁感到好笑，不过一查之下，邮筒的 post 与这个 post 好像有亲戚关系。

锅子与打火机、电话亭都已变成透明的。最近连电梯都有透明的了。但是，唯独邮筒最好不要透明。透明的邮筒中，邮件渐渐堆积。就像小银鱼的内脏被看得一清二楚。路过的人，想必会非常不自在。

邮筒，蕴藏种种人生。命运与喜怒哀乐，与决定，与后悔，化为方正的薄片蕴藏于其中。在杂沓的街头，仿佛唯有那里依然还留有梦想。

---

[1] 指当时大平内阁引发政坛抗争，大平入院后有人喊出"post 大平"（后大平时代）的口号。

旅枕

有人坚持绝对不出国旅行。那是相当大型的公司社长。

理由据说是因为枕头。

他从小就习惯枕装了荞麦壳的枕头。如果不枕圆筒形塞满荞麦壳的旧式枕头就会睡不着。

饭店用的木棉纤维或羽毛枕那种软绵绵的枕头,他说睡起来很不踏实,没有脑袋沉睡的感觉。

拜飞机与新干线所赐,国内大抵皆可当日往返。又不是小婴儿,那么软绵绵的枕头亏你们睡得着——本以为对方会这么说,结果对方却没声音了。

原来人家靠着酒吧卡座的沙发,已舒服地打起瞌睡。不愧是银座的一流酒吧,长椅也很高级,椅背靠脖子的地方也是软绵绵的。虽然觉得这种情景好像跟他嘴上说的不太一样,但是我心想反正又不是要在这里过夜,暂时的休息场所软绵绵的应该无所谓吧。

我曾有男女加起来共计二十个人在一个房间睡觉的经验。

那是二十几岁时，在任职地点筹办滑雪之旅去汤泽一带，或许是因为将费用杀得太低，或许是因为只有那里营业，我们被带去的是大通铺。

"女生要换衣服，男的全体去浴室。"

我们得这样赶人。

至于被赶的，"可是我想睡觉耶。"男士们说着，抱起替换的内裤鱼贯走出房间的样子，有种在办公室见不到的可爱。

壮观的是晚间。

没有屏风阻隔，因此男女头碰头排成两列被窝，对于有人表示光线太亮睡不着的意见，年长的带队者激动地大吼：

"那不行！绝对不能关灯！"

我天生睡旅馆的硬枕头就会脖子痛，于是把扁平的坐垫对折，用我自己带来的毛巾裹起来当枕头。这时我发现，有人平时对吃饭或穿衣特别神经质，但对旅馆充满发油味的枕头倒是不以为意；也有人看似豪放不羁，却自房间角落取来茶罐，用毛衣裹着当枕头。其中也有人本已躺下却又跳起，发现我把旅馆的枕头推到一旁，于是叫我如果不用就给他，和他自己原来的枕头叠在一起，这才满意。

那个人，以昂首的姿势，率先鼾声大作陷入梦乡。也有人说与其睡不合适的枕头，还不如不用枕头，把枕头套拆下来垫在颈下就此闭眼。简直是十人十枕。

也许是因为体质易燥,夏天睡觉时忽然脑袋发热。记得"脑沸腾"是作家山口瞳写的,但是发热不清醒的脑子无法确定。

那样跟友人一说,突然收到沉甸甸的包裹,打开一看是瓷枕。

说到瓷枕,我在美术馆见过万历赤绘[1]的惊人杰作。我收到的,不是那种会让人冒寒气的珍贵古董,但是把头往上面一放,果然冰凉凉的很舒服。

唯一的缺点,就是太重,压得床铺那一块渐渐下沉,而且太硬,但我贪新鲜还是照用不误。

一周后的早上,寄瓷枕的友人来电。友人叫我别用那个瓷枕。

友人说,昨晚深夜接到电话。因为是好消息,挂上电话后,在雀跃之下不顾年纪老大就在床上翻跟斗。顿时眼冒金星,后脑勺重重撞击,好一阵子痛得说不出话。对方说至今后脑还有小包。

"你比我更冒失,所以万一撞上会有性命危险。请你立刻扔掉。"

我曾听过一头撞豆腐死掉的说法,如果是拿脑袋撞枕头,就死法而言,未免有点遗憾。丢掉太可惜,所以本来想放在玄关当成垫脚台,但这样好像昨日勤皇、明日佐幕[2],又有点不妥。犹豫半天后还是依友人的意思做了。

---

[1] 中国明朝万历年间生产的瓷器,绘有华丽的红色图案。
[2] 此句出自《日本武士》(侍ニッポン)的歌词。意思是昨日效忠天皇,明日却辅佐幕府将军。

出国旅行难得遇上适合自己的好枕头。

外国饭店的枕头，往往蓬松软绵看似豪华，但头一放上去就下陷，十分钟后耳垂往往已开始发热。唯一一家让我觉得这简直是替我量身定做的，是巴黎格兰饭店的枕头，就在歌剧院旁边，是四星级饭店。

饭店本身也是古老样式的饭店，毛巾及床单更是非常棒。没有任何装饰，但质地上等，可以感到饭店想让使用者住得舒适的心意。

至于枕头，是用——那大概是用木棉填塞的枕芯。形状介于圆形与方形之间，大小粗细恰到好处，与小型双人床同宽。头放上去后不硬不软，恰到好处。房间虽然很暖，不知何故耳垂却没有发热。

我以为只有自己有这种感觉，没想到隔天早上一起用餐的三四名同伴都对这枕头赞不绝口。我很想恳求饭店经理以合理的价钱卖给我，但是说到法语，我顶多只会一句，给我账单，只好怅然而归。

失眠的夜晚，至今还会想起那家饭店的枕头。

最近我有点羡慕的枕头，是"斧枕"。

在 *Kurima* 这本杂志上，黑田晶子这位作者写到北海道。

"在北海道，两年前的六月，我第一次单独搭帐篷时，安部先生说'爱奴人在山上睡觉时用的'，交给我一把旧斧头。我把它用布包裹，当作枕头。

头底下的笨重刀刃，带给我睡眠时的冰冷平静与泥土的安心感。"

我的脖子后面，微微发凉。

纽约·雨

在陌生的土地突然碰上下雨会很沮丧。

若能在景观绝佳的旅馆房间,望着烟雨蒙蒙的远山发呆,下雨倒也不坏,但是必须在街上到处走时,没带伞,脚也有弄湿,那就不太愉快了。

这若是在外国更不用说。如果是熟悉的地方还能根据季节与天空的状态大致判断,若是外国,雨会越下越大还是立刻放晴,完全无从猜测。

那天,纽约虽是三月底却惊人地晴朗,一早气温恐怕就将近二十摄氏度了。饱含云层凝重湿气的温热空气与日本的梅雨季前夕一模一样。走在曼哈顿街头的人,有的穿皮大衣,有的穿短袖,如果这时拿相机拍张照片,可能会想取名为自由与混乱,什么样的装扮都有。

中午开始下雨。

我与四五名男性在东村的圣马克斯一带躲雨。我是跟着自己负责写剧本的那个电视剧组出外景。这一带,取代了有一阵子蔚为话题的格林尼治村与苏荷,是最近年轻人很喜欢的一区,满街都是朋克时装店。

橱窗里放的是黑色、红色、紫色的缎面上衣，缀满珠子与铆钉。橱窗展示的是大露背或露出单边胸部的洋装、屁股挖空心形的裤子等。我暗自好奇到底是谁在什么场合穿这种衣服。走进店里，过来迎接的男店员不是梳成大包头那么简单，他的头发全部向天倒立，怒发冲冠。女店员也很夸张。眼睛涂黑变成三倍大还向上挑起，眉毛下方，整个眼皮都是紫色眼影，口红近似黑色，板着脸配合妖异的音乐扭动身体。

这家店似乎做了太多约翰·列侬与大野洋子亲密图案的T恤，正以半价出售。店内后方，挂着日本的旧和服，是早年老奶奶与母亲穿的宽袖长袍及和服、长内衣，而且是已经穿得很破旧的褪色廉价品。受到电视版电影《将军》当红的影响，这种东西似乎也跟着流行，不知是谁穿过、从哪儿弄来，又经过谁的手，真有意思。我抱着这种念头走出店。

躲雨的我们眼前有三个年轻的马路天使[1]，也正抬头望天，站着躲雨。

她们的身材虽好，但都是十四五岁的少女。其中一人穿白色百褶裙、白外套、白袜，是稚嫩的洛丽塔装扮。另外二人，是开衩高及屁股的熟女装扮。就在我们眼前拉到一名男子，挽着手走上朋克服装店二楼相当破旧的廉价旅馆的楼梯。

"那些人的价码是二十美元。"

---

[1] 语出1928年的美国电影《马路天使》(*Street Angel*)，描写少女为替母亲治病在街头卖春。

二十美元等于四千日元。我觉得有点便宜，如此说出感想后——

"还有更便宜的，只要五美元。不过，那是超过六十岁的女人。"

对方说。以年龄来决定价格的话，我暗自计算自己等于多少钱，但我数学很差，算不出来。

一名中年绅士走近，问我要不要买。那是崭新的螺丝起子等工具组合。他说只要十美元。绅士的鼻子大得过分，似乎是希腊或意大利裔。不知是赃货还是倒店货，我声称不需要，婉拒了他。

这天，是大家都来兜售东西的日子，打公用电话时，黑人老人自身后发话。问我要不要买雨伞。只要稍微下雨必然会出现这种人，在纽约好像是理所当然的光景。

之后，驱车经过哈林区南布隆克斯。这是黑人聚集治安极糟的地区，所以朋友警告我们千万别下车。

半腐朽的公寓檐下，男人们聚在一起无所事事地呆立。大人与小孩全都臭着脸。我想大概是觉得不是滋味吧。如果是我，被人歧视，住在这种地方，八成也会露出这种表情。

这时是下午两点半左右。之后，在哥伦布街购物。高雅时髦的商店林立。我买了一条裙子，美女店员接待我时也不忘与男店员打情骂俏。两人似乎是情侣。有客人进来，抱怨之前购买的商品。隔壁的"戴利"食品店有五六名客人，正在叫店员切火腿或打量商品。

　　这是随处可见的风景，我如此思忖着走到门外路上，雨已停了。在那里，我得知两个小时前总统遭到枪击的新闻。

　　每次一有什么事发生，便会听到街头大受冲击或陷入悲伤气氛这种形容，但就我所见完全没那回事。

　　一方面可能也是因为总统没有生命危险，至少城市与市民看起来都很平常。我们没开车上的收音机，又一直在移动，所以不知情，但就我所见，应该有相当多的人知道这则新闻。即便如此，黑人并未特别激动，依旧臭着脸伫立，年轻男女手拉手打打闹闹，主妇们以认真的眼神盯着火腿的厚度。

　　回到饭店，电视画面上的主播们以激昂的声调报道现场情况，但在深夜的意大利餐厅，挤满餐厅的客人展现旺盛食欲。并未听到里根或辛克莱[1]这类字眼。

　　翌晨，我在六点半自饭店十七楼的窗口探头向下看。一名老人牵着两条大狗，走过帕克街三十八区，与昨天早晨一样。东河的河岸那边，有女人牵着黑色小型犬走来，穿着与昨天早晨不同颜色的毛衣，但还是同样的风景。

　　我在父亲过世的隔天早上，当早报一如既往地送来时，曾经吓了一跳。

1　约翰·辛克莱，刺杀罗纳德·里根的凶手。

他当然不是什么大人物,一个默默无名的市井小民,就算死了,这世间也不会有任何改变。

纵使是一国元首遇刺,人们还是照样吃饭,照样睡觉,照样带狗去散步。

七点半,我去附近的中央车站买《纽约时报》。我看不懂,但就是想买。大概比平时多印了很多份,只见报纸堆积如山。但是,销路并未一飞冲天。

刺

不经意翻开字典,"七厘"[1]这个名词映入眼帘。

这种土制的炉子在关西据说叫作"kanteki",名称的典故很有意思。据说出自"煮东西时只要用价值七厘[2]的木炭就足够"之意。原来如此,我不禁感叹。是何方神圣如此命名的,《广辞苑》大字典也没有写得么详细,但这是多么美妙的名称。之前不知典故随便喊着七厘、七厘,"七"这个数字,shichirin这个发音的音感,不管从哪儿看都很完美。

不再用七厘烤鱼,已有二十年。

昔日与父母同住时,总是烟熏火燎地用七厘生火,拿扇子不停扇风烤味霖鱼干或秋刀鱼。有时不只是鱼,还会烧到猫尾巴。

当时家里有一只名叫向田禄的黑色公猫。其实不用冠上姓氏,但它很有

---

[1] 通常汉字写成"七轮",即炭炉。
[2] 货币单位,一厘等于千分之一元。

趣,所以为了祭拜它还是这么称呼。

阿禄很贪吃,我把七厘拿到厨房外开始烤鱼,它一定会凑到我身旁。把尾巴竖得笔直不停绕着七厘打转,在我身上蹭来蹭去,以粗哑的嗓音催促我快点给它吃。

"这样很危险。万一烧到了怎么办?"

我总是以左手赶猫,有一天我的担心果然成真,它竖直的尾巴着火了。

虽说着火,但当然不是一下子冒出火柱,只是发出刺刺的声音,在尾巴外侧冒出星星点点的火花,就像小型圣诞树点亮灯饰。

"啊!"

我尖叫一声,把右手的长筷一扔,双手像搓揉锥子般拍熄它尾巴的火。我的双掌因此受到轻微的烫伤发红,接下来的两三天行动颇为不便。阿禄尾巴上的毛变得根根岔开,很窝囊,好一阵子不再靠近七厘。

次年夏天。

黎明时,我在被窝里半梦半醒之际忽然听到父亲的叫声。

"不得了了,阿禄的尾巴着火了!"

嘶吼声响起。我吓得跳起。伴随可怕的叫声,猫在昏暗的走廊发疯似的跑来跑去。尾巴变得通红。

"水!水!"

我一边大叫,一边赫然发现,尾巴红红的不是火,是捕蝇胶带。

它在玩天花板垂挂的捕蝇胶带时不慎黏到尾巴上。

这次虽未烧伤，但黏在尾巴上的胶带要取下却是大工程。猫拼命挣扎，胶带黏着不放，我一边尖声嚷着下次再也不养猫，一边拿挥发油替它擦拭尾巴。

这只猫，很爱打架，一年到头老是受伤，每次身体不舒服就钻进神坛。

它会把装有神树树枝的两个瓶子踢下去，钻进那个不知该叫作什么，收纳神体貌似白木神殿的地方，不吃不喝，直到康复为止。其间只是一直舔伤口，呼呼大睡，休养生息。

唯一一次例外，是刺。

只有这次没办法，我用膝盖压住它，拿镊子拔出插在它前脚脚爪之间的大刺。这时，也许是觉得痛，它狠狠挠破了我的脸。至今我两眼之间，还留着小伤疤。

家人讨论时，还说祖母如果还在世，它一定会被灌下拔刺地藏菩萨[1]的符水。

刺，总令人耿耿于怀。

虽非痛得难以忍受，但是刺刺痒痒的，连心情都跟着不自在。尤其出门

---

1 东京都丰岛区巢鸭的高岩寺供奉的地藏菩萨，俗称拔刺地藏。据说是江户时代有人误吞一根针，服下地藏菩萨的画像后，针便吐出来了，因此得名。至今仍被老年人视为治百病的菩萨。

在外没有镊子时，刺钻进皮肤底下，看不见头时，好像怀抱一个小小的烦恼。

我现在，全身上下都没有被刺到，但心里却有几个小疙瘩。比方说，就在去年，陌生人忽然寄来记事本。

那是附有电话号码与地址的日记型万用手册。据附带的信上所言，是在公用电话亭捡到的，因为最上方有我的电话号码与地址，此人猜想是我认识的人，所以寄来给我。

我觉得此人相当好心，但我猜不出失主是谁。记事本没有写名字。就通讯录的名单看来似乎是传媒界的人，但我无从找起，后来，我自己也很忙，就此搁置，至今这本主人不明的记事本还在我手边——我很想这么写，但我很散漫，不知塞进哪个抽屉了。

遗失记事本的人，想必很困扰吧。想到这里，心头有点刺痛。

还有一个，是最近才发生的事。

写完今年五月一日放映的电视剧《隔壁的女人》，我跟着剧组一起去纽约拍外景，在回程的飞机上，我总觉得好像扑哧咬到什么东西。

在这出戏里，我难得写到爱情戏。桃井薰饰演的有夫之妇，听到公寓隔壁房间酒家妈妈桑浅丘琉璃子与来访的男人根津甚八做爱的声音。根津怀疑被听到，挑逗桃井的那一幕，男人边走边把栗子塞进女人的嘴里。被硬塞了两三颗后，女人渐渐激动。

我很想说，其实我也有类似的亲身体验，但并非那么香艳刺激。以前，去滑雪时，自滑雪场归来的途中，记得那是在汤泽吧，只是男孩子买豆沙点心，一一塞进女生的嘴里。或许是这种动作，在记忆中莫名令人与人变得狎昵，所以才忽然想起写在戏中，但这种场面，我忽然觉得好像在哪里见过。

  是几年前看到的吗？不是小说，是某种小型的宣传杂志。好像是左页上方。我当时还心想：啊，我有类似的经验。记得那的确是栗子。若是那一幕像刺一样钻进心底促使我写出，那我应该向对方道谢或致意，但我就是想不起来。

  看到电视，若有人知道，请务必通知我。我想体会拔出刺时的那种痛快感。不过话说回来，拔刺最好的方法，就是贴一块胶带。刺会黏在胶带上，轻松便可拔出。如果二十年前知道，就不用在脸上留疤了。

轻面

我从就读女校时就讨厌达·芬奇这个人。

他是天才画家、建筑家、雕刻家，而且还是诗人兼思想家，在工业、理学方面也有深厚造诣，简直不像一个正常人。看他的自画像素描，应该不是出于自恋才把自己过度美化，但的确是个俊秀的美男子。完美无瑕甚至到无趣的地步，令人忌恨。

俗话说爱屋及乌，反之亦然。在卢浮宫美术馆，看到此人画的《蒙娜丽莎》以金丝画框装饰，受到特别的礼遇后，我更加讨厌他了。这样对戈雅及维拉斯奎兹未免太失礼了吧。这根本是差别待遇。我在酒宴上随口抱怨，于是话题转向蒙娜丽莎。

"那个啊，据说起先本来有睫毛，重画之后才没有的。"

我不懂装懂地卖弄，话题扯到她穿着什么样的衣裳。

"应该是蓝色吧，像大海那种深色。"

"不对，是胭脂色吧。胭脂色天鹅绒，有很多皱褶。绝对不会错。"

众人的意见分成蓝色与胭脂色两派，各不相让。

"领口是什么样子的？"

"是V领，而且是相当深的V领。"

"那幅画的模特是乔孔达夫人吧？她可是上流贵妇，怎么可能做那种下流的举动！应该是更高雅——"

"高雅我知道，但到底是什么领子？"

"我记得没有领子耶。"

为了领口是圆领还是V领也争执了半天，最后话题转到耳朵上。

"那个人，我记得是贫穷耳。耳朵又薄又小，看起来就很没福气。"

我发言。

"也有人说她身怀六甲，所以该不会是老公有外遇吧？"

"难怪看起来一脸哀怨。"

各种意见七嘴八舌，把美术全集搬出来一看，衣服其实是焦茶色，领口是挖得很大的圆领，耳朵被头发遮住根本看不见。原来大家都在描绘"我自己的蒙娜丽莎"。

话题从蒙娜丽莎跳到卡门。

关于卡门最初登场的那一幕。

"我忘记是午休时间还是傍晚下班时间了，总之，她一边与女工开玩笑一边走出香烟工厂。"

"对对对。嘴里还叼着玫瑰花。"

"啊?叼玫瑰花应该是更后面的事吧?我记得她明明是叼着香烟出来。"

"不是香烟,是柳橙,瓦伦西亚柳橙。"

"是香烟吧?"

"是柳橙。"

对话夹缠不清,谈到她的衣裳,更是五花八门。

有人坚持是吉卜赛风格的红色连衣裙,身披黑色蕾丝披肩,也有人说上身是裸肩的白衬衫,下面是红裙子。关于她的脚也分为裸足与凉鞋两派。

说到这里,卡门并非真有其人,大家讲的其实都是看电影或歌剧得来的印象。

至于卡门的外貌,更是各式各样,包括女星薇薇安·罗曼斯、丽塔·海华丝,声乐家玛丽亚·卡拉丝、藤田爱子、莱丝·史蒂文斯——换言之,大家都是在坚持自己看过的卡门形象。

说到何塞也很热闹,男星尚·马莱、泰隆·鲍华、男高音藤原义江这几位三分天下,看来大家的心中都有一个宛如拼贴式通缉犯照片的何塞。而且,不可思议的是,何塞的声音由藤原派以压倒性票数当选。

"何塞真的很帅。穿着黑色与绿色的军服,腹部缠着红色哔叽布之类有光泽的宽布。"

"笨蛋。你该不会是和跳佛朗明戈舞的搞混了吧？"

"不是佛朗明戈舞，是葡萄酒节之类的宣传吧？"

"才不是。是和斗牛士埃斯·卡米洛混合。"

"说到埃斯·卡米洛，何塞的恋人很可爱。"

"她叫米凯拉。"

"她的衣裳不是很可爱吗？白帽子搭配白衬衫，黑背心，大圆裙，拎着花篮穿木鞋。"

"那是荷兰水车屋的女孩吧？你和巧克力包装上的图画弄混了。"

"巧克力是瑞士的才对吧？"

"荷兰也有吧。"

已经乱七八糟了。

说到人类的记忆或印象，堪称十人十色。

同样都是阅读梅里美的小说（但内容几乎已忘光了），听比才的音乐，竟有这么大的差异。

以前还没有电影时，每个人的心中肯定都有不一样的卡门与何塞。那是以自己的情人或住在附近的美丽女孩为范本，再加上自己的想象而成的卡门与何塞。

看电影与歌剧，让我们的卡门，变成几种模式。

我也曾听说,卡门在美国没有在日本那么红。据说是因为英文发音听起来像汽车驾驶,减低了卡门的神秘性。

讲到这里,我有个朋友一提起卡门就想吃面线。不知是怎么潜入大脑的,据说只要一听到卡门,脑海中就会自动浮现"轻面"二字[1],赶都赶不走。

谈到这则趣事,大家忽然都嚷嚷着想吃面线,于是我只好去厨房煮面线。现在我最爱的是梅子面线,在蘸面的酱汁里放了腌梅子与紫苏。

上次以"刺"为题的文章中,我提到好像在哪儿见过男人一边走路一边把栗子塞进女人嘴里的场面,可是怎么想也想不起来,结果收到许多来信与电话。

作者原来是吉行淳之介先生。

啊?我大吃一惊,果然厉害啊,我为自己的糊涂羞愧的同时不禁叹息。

---

1 卡门的日本式发音为 karumen,轻面的发音为 karui-men,故有此联想。

胆固醇

提到艾伯特与科斯特洛（Abbott and Costello）这对美国搞笑搭档，会让人发现我有多老，断了我出嫁当填房的路子，不过拜这二人所赐，我学到一个外国单词。

我学到的是胆固醇（cholesterol）。它现在当然是威风八面地通行无阻，但在不久之前还是很少听说的名词。我学到那个有点像是吃得太多堆积在肚子周围的脂肪的词，所以顺便也记住这个类似大胖小胖搞笑二人组的名词。至于哪个是艾伯特哪个是科斯特洛，听了几百遍还是记不住，但胆固醇倒是一次就记住了。

在哪儿听到的我已忘了，有位老人说：

"还是以前好。根本没有什么血压。"

胆固醇想必也可视为同类。不管是血压或胆固醇，都是从人类诞生就有的东西。但是，以前人们只能吃到靠自己力量捕获的食物，所以不可能在一天之中既吃虾又吃蟹还有鲔鱼肚、海胆、肝脏、鱼子。因此,血压与胆固醇肯定都在正常标准。

我曾与位居某公司要职的人共餐,吃的是法国菜。那位先生从容不迫地翻开菜单,从前菜开始依照汤、肉类主菜、甜点的套餐顺序点餐。因为是对方请客,所以我们基本上也依样画葫芦说出各人喜好。

没想到,就在服务生听完大家点的菜单正要退下时,那个人说——

"嗯,对了,差点忘了,午餐吃得晚。"他说着抓抓头。

"不好意思,我的牛排不要,只要沙拉就好。"

那个人对餐后甜点也只是浅尝一匙,几乎原封不动就让服务生收走盘子。

"我就是靠这样熬过去的。"

事后闲聊,他如此招认。

身为请客的主人,如果只吃沙拉,会影响客人点菜。于是,首先自己也充分点菜,等客人都点好后,再单独变更。否则如果午餐与晚餐都下馆子,胆固醇的数值,据说一下子就会飙到超过三百。

战前的日本人,并未摄取这么多脂肪。

油油亮亮的,顶多只有发油与发蜡,还有鞋油。

即便是餐桌上的碗盘,也因为菜色没啥油水,所以用水冲两下就洗好了。偶尔吃牛排或寿喜烧、炸蔬菜时,也只要拿刷子蘸点去污粉多刷几下罢了。

"今晚吃得油腻,厨房很麻烦。"

祖母一边抱怨,一边小心清洗以免盘底沾到油,太阳穴暴起青筋,用力拿竹刷清洗水槽的样子历历如在眼前。

有一本作家子母泽宽采访记录的《食味极乐》。

这是本已濒临绝种、令人怀念的传统东京腔书写的精彩名著,其中,某位歌舞伎演员吃鳗鱼时的感言特别精彩。

"吃了鳗鱼,大脑会活跳跳。"

他如是说。

平日,吃的是烫青菜煮豆腐,顶多再加个红烧鱼或烤鱼,所以偶尔吃到鳗鱼,就觉得从脑浆到眼珠都像上了润滑油吧。

就像我家祖母也是,吃了寿喜烧或炸猪排的隔天早上,她会说:"手好像变得特别滑嫩呢。拧抹布时都觉得水珠子会弹开。"

我家倒还不至于那样,但我听说,有些家庭吃寿喜烧时,还会在神坛前垂挂白纸,祈求神明原谅。

或许因为吃的是粗食,脂肪不够的小孩特别多。手脚会干裂脱皮。老师经常让这种小孩吃鱼肝油。"哈立巴(Halibut)鱼肝油"因此风行一时。

祖母与母亲,对待麻油与茶油,那简直是比对待现在的香水或古龙水更爱惜。哪怕是一滴,不慎洒到厨房的地上或台子时,生怕糟蹋还得赶紧抹到手上或脚踝。

不用碰大麻那种危险的东西,只要忍着吃上一个月的菜叶子,偶尔再吃到鳗鱼或天妇罗时,或许就会觉得脑袋活跳跳,事物特别新鲜。

顺便提一下丢脸的事,我听到亚伯拉罕(Abraham)这个名字,总是会想到肚子堆满肥油的男人[1]。

或许因为我总是把《圣经》跳着读,随意读(勉强和一般人一样好好看过的只有"抹大拉的玛丽亚"那一段),是个不敬神明的人。战后食粮短缺的时期经常吃到廉价的鲸鱼火腿肉,那种偏颇的印象或许已根植在我心中。如果容我再多说一句,提到雅可布(Jacob)这个人物,总会想到背上隆起,像钟楼怪人一样的驼背男[2]。

对我来说,那是油罕与八瘤。

脂肪变多的不只是食物。

以前地板或榻榻米都是用豆渣或茶叶渣擦拭,现在却是打蜡。

用米糠和丝瓜水保养的肌肤,现在也换成用面霜和乳液来保养。

以蜡油打磨,搭乘靠汽油行驶的车子,在脸上涂抹脂粉的女人环绕下过生活,即便不从嘴巴,恐怕也会吸收油脂吧。

光是那样还不够,还得操心石油问题,所以鼻头冒出的油脂好像也比平

---

[1] 日文的"油"发音为 abura。在《圣经》中亚伯拉罕是希伯来人与阿拉伯人的祖先。
[2] 日文的"瘤"(驼背)发音为 kobu。后文的"八瘤"发音为 yakobu。

时更多了。

现代文明似乎就是油，就是脂肪。人们满身油汗地工作，拿工作赚来的钱换取脂肪，吸入体内缩短寿命。

若是近松门左卫门还在世，肯定会写成《男杀油地狱》[1]，在涩谷巴尔可的西武剧场大卖座。至于主演者，恕我失礼，我想应该会是小林亚星[2]先生吧。

---

1 近松门左卫门是江户时代前期的人形净琉璃、歌舞伎剧作家，知名作品之一是《女杀油地狱》，描写油店的少东家放荡不羁，为金钱杀害女人的故事。
2 小林亚星是作曲家兼演员，长得很胖。

范本

有猫会打棒球。

是美国文学翻译家S家中养的小猫。

是公的还是母的,这点我忘记问了,总之,这只小不点只要电视一播出棒球实况转播,就会冲到荧屏前。

投手投球!顿时,小猫扑向荧屏,前脚合十,做出捕球的动作。

这家人很爱猫,平日总有十只至二十只猫在。几十年都是这样,所以算来养过的猫已是惊人数字,但会打棒球的猫据说就只有这一只。可能是突变种,或是世间罕见的天才猫。

我家的猫虽不及天才猫,但是也会接球。我把写坏的稿纸撕碎揉成鹌鹑蛋大小的纸团,丢出去后,它会叼回来。这点小事,一般家养的猫咪都会做,犯不着得意扬扬写出来(我仿佛也听到有人说:狗也会噢),但这世上也有不养任何动物,对生物毫无了解的人,所以还请忍耐一下。

丢纸团的时候,起先我也觉得很好玩,故意丢得很远,但渐渐开始嫌麻烦。

而且胳臂也很酸。我很想到此为止，但猫咪叼着纸团跳到桌上，放在我的稿纸上，定定看着我的眼睛端坐不动。我佯装不知，挥舞铅笔，它就故意睡在稿纸上，或是轻轻拿头撞我的下巴，催我陪它玩。

我只好继续丢纸团，但到此地步已成为义务，所以只肯丢到两米外。没想到，猫咪以非常戏剧化的动作，扑向这平凡的纸团。

首先，我摆出丢球的姿势，猫就压低身子，左右摇晃屁股。和网球选手等待对方发球时的动作一模一样。等我一丢出纸团，猫跳跃的弧度比纸团更大，它以自己的前脚大幅拨开纸团。

"呜哇！好刁钻的球。我说不定接不到。"

"这是高难度！"

如果会说话，我想它肯定是在这么说。

它华丽地在空中翻转，或者故意失手，或者在空中叼纸团给我看。它会表演无意义的超炫技巧。

大概是在自己也没注意的过程中，身体自动活跃起来。这种时候，猫的眼睛闪闪发亮，展现令人心醉神迷的身体曲线，而且认真得很滑稽。

这种场面以前在哪儿见过。我心想这跟某人很像，原来是棒球选手长岛先生。

看动物的动作，会学到很多。

公猫的体形比母猫大,力气也大,但是先吃食物的是母猫。

有小猫时小猫先吃,接着是它的母亲,公猫就像要说"我没啥胃口"似的躺在稍远处。等到大家都吃完了,它才缓缓起身,"那,我也陪你们吃一点吧"。它从容不迫地走近,喉咙呜呜响,嘴角冒泡,狼吞虎咽。

我曾见过母猫进食时,公猫把脸凑过去,被母猫用前脚甩耳光的场面。

写广播剧本时合作的印刷厂,养了文鸟。

说是印刷厂,其实只是一对中年姐妹经营的小店。有一次,那里的女主人异样感伤。

她说文鸟死了。

旅行延长了一天,回来才发现公鸟死掉了。母鸟还活着,想必是公鸟把所剩无几的饲料留给母鸟吃,自己活活饿死了。她含泪告诉我,就是那样的一只鸟。

出入我家的装裱师傅,兴趣是饲养野鸟。那是个五十几岁沉默寡言的人,出入我家很久之后,我才从他那里听到蝮蛇的故事。

他去捕野鸟时,从猎户手中得到一条蝮蛇。因为对方说外行人养不活,他不服气,硬是带回来了。

万一让毒蛇跑出来就糟了,所以他花钱做了笼子。蝮蛇只吃活的东西,况且,他听说喂食非常困难,所以特地去请教专家,不断变换菜单,提供各种活物,但蛇一律不屑一顾。第三个月,蝮蛇变冷了。爬虫类的身体本来就是冷的,所以这种说法或许不太恰当。换言之,它死了。

他战战兢兢打开笼子一看,有两条像面线一样的小蛇,在母蛇的身旁僵硬了。蛇在拒绝人类喂食的同时,竟在笼中产子。

"我当下流眼泪了。"粗大的手以温柔的动作卷起挂轴,他又补充道:

"我忽然厌恶养野鸟,把鸟全都放了。"

我是巳年生的。

每当有人说最讨厌蛇,好恶心,我就会告诉对方这个蝮蛇的故事。

"这种自尊心是人类的范本。"

我说着正感得意,却被这么顶回来:

"可是,若是我,一定会放下自尊吃东西。母子一起自杀的话,小孩岂不太可怜了?"

西洋火灾

某处有闹钟在响。

若是邻居家的未免太大声。响的方式也很烦人,显得格外霸道。我一边暗想吵死了,眼睛倒是比耳朵先醒来。

这不是自己的房间,天花板也很高、很气派。对了,我在纽约。气派是当然的,因为这是家高级的一流大饭店。不过话说回来,闹钟可真吵。声音是从门外传来的,所以八成是对面的房间。

吃肉的人种体形巨大,闹钟的声音果然也特别大啊——想到这里我才察觉不对劲。若是闹钟未免也太吵了。

我这才发现是警铃,立刻跳起。开门一看,走廊毫无异常,但警铃依旧略显温吞地鸣响。对面的房门、隔壁的房门都打开了,穿睡衣的外国夫妇探头出来东张西望。

"出了什么事吗?"

他们问我,我也一头雾水。

"该不会是火灾吧？"

我自认说得很优雅，但我这种三流英文，实在靠不住。

即便是英语流利令我望尘莫及的随笔家秋山加代女士的英语，据说都被她先生嘲笑是"非常抱歉，喂，你小子能不能想想办法"式的英语，所以我讲的破英文，或许听起来其实是"火烧啦"或"去你的失火"。

外国夫妇连珠炮似的发话，但到此地步我已一头雾水。饭店方面也没有人出面疏散房客，我只好跑回房间，迅速换上衣服。穿袜子、穿鞋，把装护照与钱的皮包挂在肩上，再冲到走廊上。时间是早上七点。

电灯是亮着的，看不见浓烟也没有焦臭味。我住的是六楼最旁边那间。粗心大意的我忘记问紧急逃生口在哪儿，但照这样看来，走一般楼梯应该没问题。我小跑着奔过五十米长的走廊，来到电梯旁的楼梯。途中有两三扇房门半开，我瞄到男男女女叫嚷着换衣服的松垮白色裸体。

楼梯上，我与中年外国夫妇和两个孩子同行。一个孩子睡眼惺忪，另一个孩子活泼地嬉闹。同一层楼住了电视台的制作人与导播，他们都是强壮的男性。

我猜他们肯定已疏散，没去找他们就一口气冲到一楼。途中警铃好像停止了。

楼下大厅内，房客三五成群，总计约有五十人。看样子是六楼的警铃大作，但饭店方面没有任何说明，员工如无头苍蝇乱转，完全不得要领。柜台人员似乎也怕被追问起来不知如何答复，所以死都不肯停下脚步，仿佛短跑选手般从争相质问的房客之间仓皇跑开。

虽不知出了什么事，但已经没问题了。或许是终于安心，我这才看清周遭众人的模样。

女客十人中就有七人披着皮草大衣，就在睡衣或衬裙的外面披着貂皮或猞猁（大山猫）皮。在一月底的纽约，皮草是生活必需品。

但是，这些女人似乎无暇顾及老公，只见男人穿的是睡袍，而且是意外廉价的货色，穿着较值钱的丝质睡袍的只有两人，不知该说是悲哀还是厉害。最精彩的是孩子们，连睡袍也没有。他们不约而同地在睡衣外面披着印有饭店名称的浴巾，令人感叹不已。

感叹完之后我才发现，其实我也是第一次到美国旅行，事先听说很冷，所以在风衣里面套上皮毛，但是我穿不习惯，所以忘在房间里了。相较之下，外国女人即便光着脚，也一定会先穿皮大衣。

原来如此啊，我感叹，然后才发现我的伙伴们不见踪影。昨晚开会开到很晚，所以是没睡醒，还是在床上抽烟引发了火灾？

我冲向馆内电话拨号，但总机不知怎么了，始终不曾应答。我心里正在七上八下时，消防车抵达，五名消防队员冲入。

饭店位于纽约的第五大道，就在中央公园前面，若拿日本比喻，大概是帝国饭店的感觉。我以为消防队员会穿银色的化学消防衣，没想到竟是古典的刺绣服。接近黑色的深蓝色缀有三条黄线的上衣，下面是靴子。背着氧气筒，手持铁橇。但五人都是大块头，搭电梯上六楼去了。

好像不是火灾。大概是警铃故障。房客或许也安心了，纷纷坐在沙发上互开玩笑。当然，玩笑的内容我听不懂。

这时，我发现了另一件事。

五十名疏散的房客中，穿着还算整齐的，只有三个人——是我，看似中国人的中年男人，以及看似韩国人的年轻男人。对东方人而言，美国终究是风光的舞台，或者说是令人紧张的舞台。就连我，如果是在箱根或曼谷搞不好也会穿着睡衣就冲出来。

消防员下来了。果然是警铃故障。被房客包围的柜台人员似乎正在低声解释。讲得很快，而且只解释了一次，然后柜台人员再次像风一般消失了。

"请安静回房间。"

大概是这么说，似乎并没有道歉。

我搭电梯回到六楼，去敲稍远处制作人的房门。

导播睁着红沙丁鱼般的眼睛露面，说他啥也没听见。

"以前川治温泉也发生过宣称警铃故障后警铃真的响起警报的例子，所以下次如果警铃又响了一定要赶快逃。"

我演说一番后，这才回到自己的房间。正因之前铆足了劲，所以更显得可笑,我决心回日本之后,好好学习英文会话。本以为买东西杀价或是上餐厅已足可应付了,但一朝事发——我是指发生火灾时,需要的英文用语我一无所知,也听不懂。万一真的失火就糟糕了。心里是这么想,但转眼已过了三个月,还没翻开英语会话的课本。俗谚有云,"地震打雷火灾老爹[1]",我希望届时遇上的是日文版本。

---

[1] 此句是将世人最害怕的事物依序举出,不过最后的"老爹"(oyaji)据说其实应该是"大山岚"(oyamaji),也就是台风。

啊，被整了

　　小时候，我害怕鸡蛋。

　　因为早上在餐桌打破鸡蛋时，里面赫然出现即将孵化成小鸡的模样。当然已经死掉了，但在自己的碗中，即将形成眼睛与鸟嘴和白色羽毛的东西漂浮在半透明的胶质中，那种画面别提有多恐怖了。

　　从此，我就无法相信鸡蛋这种东西。与昔日的土鸡不同，这年头的鸡，都是从小鸡就分在不同的笼子里养大，所以都是无精卵的鸡。打开鸡蛋绝不会出现我见过的那种惊悚画面，但至今，我还是无法接受用针在蛋壳上戳洞，再把里面的蛋汁吸出来喝的那种方式。说得夸张点，打破鸡蛋时，我甚至曾经是强忍恐惧，严阵以待。

　　用"曾经"这个字眼，是因为出现了比鸡蛋更危险的东西。那是装鸡蛋的塑胶容器。

　　我通常过了中午才去买蛋。即便为了买菜方便，上午就买了蛋，也会等到下午才打开盒子取出鸡蛋，放进冰箱的置蛋架。因为，上午我的手还在睡觉。

我是血压偏低的夜猫子，所以上午脑袋与身体都还没完全清醒，多少有点愣怔，注意力不集中。因为独居，所以也无法晚起，还是与一般人起床的时间一样，但替心爱的花瓶换水一定会等中午过后，眼睛明亮、指尖的神经畅通后再动手。

鸡蛋盒的问题也一样，因为我曾在上午发生过悲惨的失败。

首先要把封闭塑胶盒的订书针一一拆开就是项大工程。订书针坏心眼儿地死咬着有弹力的塑胶不放。这是顾虑到如果轻易便可松脱，鸡蛋在运送途中可能会破，但是未免也太牢固了。我搬出裁缝用的打孔器与尖锥奋战，但是注意力全放在订书针上，有时反而把鸡蛋弄破了。毕竟，这年头的鸡蛋外壳很软。我衷心希望，发明鸡蛋盒子的仁兄，可以示范一次如何稳妥保险地拆开订书针。

好了，总算拆开订书针，接着要把一打或八颗鸡蛋移往冰箱。这时，如果从盒子的边端开始拿，往往会失败。要拿最后一颗时，空塑胶盒会失去重心，整个盒子翻倒，鸡蛋掉在地上打破。破掉的蛋，很难清理，执拗地黏在塑胶地砖上，一再擦拭后以为已经没事了，结果干了之后还是干涸结块，碰上忙碌的时候真的很想哭。

即使平安地将一打鸡蛋放进冰箱，也不能太早安心。还得仔细检查脚边有没有掉落订书针。也许是因为我终年光脚过日子，有两三次踩到订书针，尝到了惨痛的滋味。只是吃颗蛋，也很辛苦。

看起来好像专门把订书针当成眼中钉，但它的确与我八字不合，让我一再吃到苦头。

穿上刚从洗衣店取回的睡衣，钻进被窝，迷迷糊糊正要睡着，背后忽然一阵刺痛。若说是跳蚤或蚊子，这种刺痛未免太持久。更何况，冬天也不可能出现这类玩意儿。我爬起来仔细一检查，原来是洗衣店钉名条时的订书针忘记拆了。

这不是洗衣店的疏忽，是我自己粗心大意，所以不能怪任何人。但是我忍不住想，以前用针线缝制名条时，虽然拆的时候比较麻烦，至少不用半夜还得爬起来检查背部吧。

不只是订书针，我们在生活越来越便利的同时，也遭到这些零碎生活用品的反击。

沙拉油或酱油、醋这些塑胶瓶装的东西，瓶口的型式，因应各家厂商的不同，各有千秋。有的是瓶口环绕一圈塑胶细带，往箭头的方向拉开；有的是打开外盖后，会冒出凸脐般的拉环，写明让使用者拉那个。

我按照指示拉开，但也许是我的方法有误，几乎半年就会有一次在手上弄出小伤口。塑胶的边缘多半没有磨平，有小小的凹凸起伏，所以我也曾因此中招。

那本来就不是刀刃，被粗糙的东西割破手时的伤口即便再小也痛得要命，所以康复的速度也特别慢。有一次，我拉开酱油瓶盖上的拉环时，用力过猛令瓶中的酱油顺势溅出，喷到眼睛里。那种刺痛的滋味别提有多难受了。之后正好与人有约，这把年纪还让人以为自己哭哭啼啼实在太尴尬，为了辩解冒出满身大汗。

即便是乙烯基（软质塑胶），我也有过尴尬的体验。

很久以前，有所谓的计费咖啡店，按照一个小时五十元至一百元的价码收费，待几个小时都不会被赶出去。我就窝在那里一边工作一边兼差替广播或周刊写稿，但或许是睡眠不足令我不小心睡着了。蓦然回神，我从额头到一边脸颊，都出现玫瑰刺青。

桌上铺的塑胶桌布有镂空的玫瑰花纹，我把脸压在上面，热得头昏脑涨地睡着了，所以这下子条件齐全。这个玫瑰刺青迟迟未消，我请女服务生替我弄来热毛巾，轮流热敷与冷敷，一再去洗手间照镜子。

听说动物园有一种"周一病"。

周日阖家入园游玩，拿食物喂动物取乐。动物吃得太多会身体不适，所以叫作"周一病"，其中最令园方头痛的，据说是把塑胶袋吃下肚。被方便的东西整惨的，原来不只是人类。

味噌猪排

搭乘东海道新干线在岐阜羽岛车站下车，站前广场上某对政治家夫妻的铜像就算不想看也自动映入眼帘。

我很惊讶居然是夫妻铜像。

我曾听说某政治家为了让新干线在他的选区羽岛设站出了不少力，但是现在看到铜像才发现，他的太太似乎也有贡献。

我本来以为只有获颁文化勋章时、去皇宫觐见或参加皇家园游会时，才会与夫人一同出场，没想到还有夫妻一起做成铜像的例子。

不过话说回来，想想各地的铜像，恕我孤陋寡闻，还真没听说过夫妻一同出现。楠木正成[1]与太田道灌[2]都是个人铜像，即便参考外国的例子，哪怕是开通苏伊士运河的雷赛布，或许是忙于开凿运河始终单身，也是单人铜像。

携伴登场的，顶多只有带着侍从桑丘的唐·吉诃德，与带着狗的西乡隆

---

1 楠木正成是镰仓时代末期至南北朝时代的武将，号称日本的"诸葛孔明"。
2 太田道灌是室町时代后期的武将，以建筑江户城而知名。

盛先生。

这么一想,岐阜羽岛车站的夫妻铜像,就男女平权的象征而言,说不定是傲视全球的划时代产物,令我大为佩服。

在车站前拦了辆出租车,奔向岐阜市,路上有另一样东西映入眼帘。

是"味噌猪排"的招牌。

"味噌猪排。"

"味噌猪排套餐。"

不是一两家而已。沿路经过的酒家与餐厅几乎都挂出这样的招牌。

"味噌猪排是什么?"

我问出租车司机。

"小姐,味噌猪排你都不知道吗?"

司机是个二十三四岁的年轻人,他露出"你真是孤陋寡闻"的笑容。

"很简单啦,只是在猪排上淋上味噌酱。"

"好像很好吃。"

"很赞噢。首先,闻起来就很香,光是猪排就可以多吃一碗饭。"

他问我从哪儿来的。

"这样啊。原来东京人没听说过味噌猪排啊。是噢,外地人全都不知道啊。只有咱们这一带的人才知道啊。"

这样说话的期间,沿路又有一两家"味噌猪排"的招牌映入眼帘。

车子又开了一段路后,我差点说:"请停车。"

我很想叫他停车,去吃吃看那种味噌猪排。虽然我刚刚在新干线的餐厅吃过不太好吃的午餐,但哪怕一口也好,我想吃吃看。

可惜,我是为杂志取材的工作而来,对方据说已在旅馆安排了岐阜著名的餐点。

我只好忍耐着任由车子驶过,之后按照既定行程吃到了当地著名的香鱼料理,但是一边津津有味享用,一边眼前闪现的却是"味噌猪排"四个字。

用餐前的短暂空当,在咖啡店休息时,看似巴士司机的人,正在吃味噌猪排套餐。

原来如此,炸猪排上淋了黑色的味噌酱汁,油与味噌混合的香气扑鼻而来。

"啊!好想吃。"

我只能干咽口水暗自寄望下次机会,等我终于吃到味噌猪排,已是结束两天的行程,要搭乘新干线回去前,在岐阜羽岛车站内的餐厅。

美味极了。

其实只是把八丁味噌加味霖与砂糖熬煮的酱汁,淋在刚炸好的猪排上,但味噌抵消了油腻感,与白饭也很搭。

这是足以匹敌豆沙面包的日本式大发明,我期待它很快会席卷日本全国,就这么回到东京。

那正好是去年的此时。

转眼过了一年。

我一直在留意,但始终不曾听说味噌猪排。看样子,它只在岐阜一带流行,不曾往西或往东发展。有些东西例如呼啦圈或小黑娃人偶、魔术方块,转眼之间便风行日本全国。

可有些东西明明觉得很好、很有趣,却不怎么流行。

到底差在哪里呢?

很久以前,我去曼谷时,彩色裤袜正在流行。

时值盛夏,年轻女孩却都穿着彩色裤袜。白天气温有三十五至四十摄氏度,大家却一脸平静,穿着紧紧包到脚踝的裤袜走来走去。我穿着宽松洋装都热得浑身无力,只能感动地想:流行真是太伟大了!但是后来询问隔年再去的人,据说"那玩意儿果然好像已不流行了",或许表面上若无其事,其实已闷出汗疹。

彩色裤袜能在曼谷流行,东京为何就没有味噌猪排呢?

果然还是得让松田圣子或田原俊彦等帅哥在电视上大唱味噌猪排的歌才管用吗?

在现代,如果不与歌曲或时尚、电视当红人物、广告搭上线,好像就无法流行。

没办法。我只好独自煮味噌猪排，独自试吃。和我之前在岐阜羽岛车站的餐厅，一边担心新干线的发车时间一边吃到的味道好像有点不同，不过基本上还算味道相似。

至少在我周遭流行一下也好。于是为了推广，我想办个味噌猪排派对，但这半年来，我家乱七八糟，尤其是客厅，未整理的信件、该剪贴的周刊与书籍堆积如山，简直无处下脚。

如果不把工作告一段落，来个大扫除、大整理，实在不好意思邀请别人来家中。照这样看来，我担心好好的味噌猪排恐怕也只能埋没在岐阜地区了。

夫妻铜像不流行没关系——这么说多少也有点嫁不出去的迁怒，但好吃的地方料理，我很想让老饕知道。为此烦躁难安。

拖鞋

有些事大家都说不能做，但在某种情况下，却变成做了也没关系。这种场合，有些人可以毫不抗拒地欣然接受，也有些人难以赞同。我就是后者。

我的个性明明算是敏捷果断，可一旦身体记住的事，就无法迅速改变，有点顽固或者说拖拉的毛病。例如，步行者天国[1]我就不敢领教。脑袋知道，身体却无法接受，总会有种自己正走在不该走的地方的心虚，无法打从心底里享受。

"喂！不可以走在车道上！"

总觉得会被这样斥骂，心里忐忑不安。慢悠悠走在车道中央或是斜着穿越车道时，身体总是准备好随时逃走。许是因此，往往比平时加倍疲累。大概是我欠缺向上心、冒险心。

---

[1] 即在规定的区域、时间内禁止车辆通行，行人占据车道的活动。这种活动通常选址在购物街或者商业区等。

在料亭的玄关处脱下鞋子，店员便会送上拖鞋。

我讨厌袜子，也讨厌拖鞋，很想说不用了，但是对方说声：

"请穿。"

店员已经屈膝将拖鞋在我的面前并拢，我向来软弱，终究还是穿了。

带路的女服务生穿着白色足袋，像滑水般走得行云流水。跟在后面的我，趿拉着拖鞋，只能尽量跟上免得落后。

走廊若是铺木板，滑溜溜的让人捏把冷汗。也有些地方整条走廊或是中央那块会铺上地毯。天鹅绒拖鞋与柔软蓬松的地毯似乎不合，不是特别滑就是完全走不动，好像在玩障碍竞走。想到也有人没穿拖鞋，不免为穿拖鞋的自己感到心虚。

在曲折的走廊前方，若有楼梯，悲剧会变得更严重。也曾发生过把喇叭裤的下摆嘿咻一声拎起，小心不让肩上的皮包滑落，气喘吁吁上楼梯时，一只拖鞋掉落的丑态。

我讨厌拖鞋，或许是因为从小就被拖鞋整得很惨。

我不慎将一只拖鞋掉进厕所，被大人痛骂。现在是冲洗式厕所，拖鞋只要捞起来洗一下弄干就行了，但以前是汲取式，一旦掉下去就完蛋了。

明知胭脂色天鹅绒上绣有小花图案的自用拖鞋有一只沉在这下面，还要在上方排泄，心情很可悲。

"剩下一只拖鞋未亡人，实在是无用呢。"

被这么一说，我努力思考有没有什么办法解决，最后把它倒着挂在墙上，试着当作信插。可以放进三四个细长的信封，但是装不下明信片。看着看着，不禁又想起它的另一半还在黄金污水中浮沉。

"这样好奇怪，还是算了吧。"

家人如此批评，我只好就此作罢。

写家庭电视剧时，我向掌管美术道具的人提出三个请求。

从玄关通往厨房的路上，请不要挂那种木珠子串成的门帘。电话请不要罩上小狗图案的铺棉套子。如果有一间和室，请不要准备拖鞋，尤其不要让主妇穿拖鞋。就这三样。

穿过木珠子门帘时，会咔咔响，而且各种颜色摇晃很碍眼，纯粹是出于我个人的好恶。至于拖鞋，则是有正当理由。

穿拖鞋的主妇，从西式客厅走进婆婆待的和室谈事情。完了出来时，若只有一扇纸门倒还没问题，若有两三个出入口，那就麻烦了。

按照电视剧的安排，有时不要从进入的地方，也就是脱拖鞋的地方出来，会与其他登场人物比较合拍。然而，一旦脱下拖鞋，如果不从那里出来又会很奇怪。或者，离开的时候不穿拖鞋，穿足袋或光脚出来，但这样在剧中不能制造效果会很无趣。

左思右想下，我瞪着称为蓝图的舞台布景图，说道：

"在这里,加藤治子小姐会脱下拖鞋进和室对吧。与志村小姐吵架,怒火中烧,从这里冲出来,啊,拖鞋怎么办?"

诸如此类,比起电视剧本身我更关心拖鞋。

又不是豪宅,在玄关穿上拖鞋,沿着走廊走个五六步,在起居室门口脱下拖鞋,这样的电视剧经常看到。去厨房时,去厕所时,又得穿上拖鞋,在厕所还要换穿厕所专用的拖鞋,想想实在很辛苦。日本人真的有那么怕冷吗?或者,是注重上下的神州清洁之民?

我以为里面湿湿冷冷的拖鞋只有医院才有,没想到最近在京都一带的寺庙也有这样的经验。

虽不知是何方神圣,但我还是诚惶诚恐地拜拜,同时感到脚下冒寒气,不免心不在焉。

我自己在家当然不用说,有客人来时也会请客人见谅,完全不提供拖鞋。不过,之前去非洲旅行,住旅馆时(应该说是小茅屋),在那里的地板踩到小虫子。

脚部红肿,整晚又痛又痒难受得想死。幸好不算严重,但我这才发现在陌生的地方还是需要拖鞋的。

不过话说回来,别国的人,也像日本人这么爱用拖鞋吗?总觉得它出自西式地毯房间与和室榻榻米这种和洋折中的生活,是日本特有的私生子。

安全别针

招手拦出租车时，人大概会变得有点宿命论吧。

随手拦下的车，有时是经过精心打理、令人很有好感的司机开的车。有时即便告诉司机要去的地点，对方也不知听见没有，硬是不吭一声便驶出。为了保险起见我再说一遍，居然挨骂了。

"如果耳聋是不能考驾照的。"

这种车子多半驾驶技术也很粗暴。

上次搭乘的出租车也相当大胆豪放，害我一再因急刹车往前冲。

"我不赶时间，请注意安全。"

为了不惹恼对方，我特意放低姿态请求。

"我是在安全驾驶呀。我也一样很怕死。"

司机嘴上这么说，还是照样猛踩油门。

"虽然好像速度很快，但是该注意的地方我都有注意，所以你放心啦。我到目前为止一次也没伤过边角。"

他忽左忽右地打方向盘。技术好像不赖,但我不懂他所谓的边角。我一边暗想是否该系上安全带,一边问他边角是什么。

他说的边角,是家具的边角。据说,不久之前他还在乡下运送家具。

"家具就是要看边角。能够不伤边角地运送才是好驾驶。"

的确是安全驾驶,我哪个角都没伤到,却觉得自己好像变成鞋柜。

很久以前——换言之,是银座大道还有都电[1]行驶的时候,我曾见过站在安全岛[2]的人被机车撞到。

那是京桥桥头的大映本社前面的安全岛。

人们正在等候都电时,大概是打滑或什么的,有一辆机车来不及刹车直接冲过去。七八个人当中,好像也有人迅速躲开,但有一名老妇人身材矮小略胖,就像发条兔子玩具般被弹到两三米外。

我正好看完试映走出大映本社,在高出一段的石阶上目睹了那一幕。被安置在行道树下,等候救护车的老妇人似乎没有生命危险,但是一脸愣怔,看起来好像难以置信自己身上发生的事。

她仿佛在说:我明明站在安全岛上……

---

1 市内电车。
2 安装在斑马线上的安全装置。

我曾因安全别针受伤。

去滑雪时,旅馆提供的被子边缘头发油味令我难以忍受,只好拿带来的毛巾用安全别针固定在被子边缘。也许是太累了睡相糟糕,抑或是梦见直滑降大翻滚的梦,总之,我似乎在夜里滚来滚去,导致左肘内侧被安全别针刺到。

那是将近二十年前的事,安全别针本身大概粗制滥造,但我记得当时受到严重背叛。

许是因为我从小就是男人婆(这个名词几乎已快成为死语),虽然没有从楼梯摔落或滚下来过,但是大概太粗枝大叶,让我一再愚蠢地受伤。

这也是半夜发生的,我忽然背痛。半梦半醒中,背上有种奇怪的痛楚。不是普通的痛,出现一个大疙瘩还是什么的,正中央痛得难以忍受。我一边心想应该起来查看一下,而且也得擦药,一边昏昏沉沉地怀疑一夜之间怎会出现这么大的疙瘩。

最后疼痛似乎还是打败了睡魔,我彻底清醒了。起来一检查,原来是洗衣夹夹在睡衣上。晾干时用的洗衣夹不知怎的夹在背部,我就这样背上压着洗衣夹睡觉,背上已出现紫红色葫芦形的瘀痕。

据说有很多人常被安全刮胡刀弄伤。

真正的刀片锋利、危险,让人很紧张,所以反而没问题,但安全刀片让人以为很安全所以过于安心,反而有机可乘,往往一不小心就留下小伤口。

我老公没问题。他不解风情又怕麻烦，更何况也没钱，所以绝对没问题啦——往往这么安心时，丈夫就爆出外遇，弄得我手忙脚乱。

有人告诉我，外国饭店的水要小心，但冰块没问题，很安全，于是我把冰块放进已经不冰的 Evian 矿泉水，喝完之后，发现好像有小黑点，结果竟然是蚊子与小飞虫的尸体。

安全别针终究是别针。前端尖锐，一不小心很容易弄伤手指头。就算设计上再怎么安全，也找不到没有别针的安全别针。

安全刀片就是刀片，只要有心，一样是可以自杀也能杀人的凶器。

我们只要看到上面附带"安全"二字，就立刻安心，不由得放松戒备。以为这下子可以高枕无忧。但我觉得正因此才危险。

去成田山新胜寺求来交通安全的护身符，便以为没问题了，但求完护身符的回程才更该小心。

"安全"这个字眼，多少有点可疑。

被安全别针弄伤，也得不到补偿，恐怕只会骂你自己使用方法错误。

被安全刀片刮伤脸也一样，这是自己粗心大意与技术不熟练造成的。

我总是忍不住怀疑"安全"这个字眼。我无法信任。有了这两个字反而会提高警觉，告诉自己千万要小心，心情与手和姿势都会格外注意。

即便签订《安全保障条约》，也不是绝对安全。即便站在安全岛，也难保几时不会像玩具兔子一样被撞飞。

小偷

那也是冬天发生的事。

云层厚重的阴天,我本来听说马德里的气候比日本温暖,但实际上相当冷。虽然冷,我的脚步却很雀跃。

我在普拉多美术馆悠然欣赏戈雅与维拉斯奎兹的画作后,步行回到饭店。我的房间在五楼,就在电梯门口很好认。然后我打算换衣服,去听佛朗明哥。

把笨重的大钥匙插进钥匙孔,我开门进房间,顿时呆立原地。

一个男人,一个外国男人,正在开我的行李箱。他身穿绿色丝质睡袍,年龄三十五六岁。

"小偷!"

我正要叫喊,忽然发现不对。

行李箱不对,从半开的箱子被拉出的衣物也不是我的。

也就是说,这并非我的房间。

"对不起!"

我冲出房间,来到走廊,确认房号,这才发现楼层不对。在西班牙,一楼称为地阶,二楼叫作一楼,总而言之,我跑错了一层楼。

小偷不如说是我。

就算是西班牙,穿着丝袍的小偷也未免太高雅了,我应该察觉那个才对。

也许是因此得到教训,从此在饭店,尤其是在国外的饭店,开房门时我变得特别小心。

但是,还是再度出错。记得那是在巴黎的饭店。那家饭店小巧美观,我购物归来,先确认房号,开门进去一看,一个中年女人正在开行李箱。

又来了。我一下子羞窘得脑充血。

"对不起。打扰了!"

我一边以破英文与破法文喊出记忆中有限的道歉词,一边冲到走廊上。

关于数字,我一直认为自己有缺陷。对于年号与日期的记忆非常不牢靠。但是话说回来,我明明已得到教训了,竟还会犯这同样的错误,我气喘吁吁地一边反省,一边查看楼层与房号。

没想到,竟然是对的。

这分明就是我的房间。如此说来,开皮箱的那位,究竟是谁?我再次悄悄开门锁,摆出随时可以逃跑的姿势,探头往里瞧。

开我行李箱的是女服务生。

那个胖子,看到我的脸,毫不愧疚地慢吞吞合起行李箱。朝我殷勤地咧嘴一笑,再次打开行李箱的盖子用力合拢。然后,做出外国人常做的,摊开双手耸肩的动作,就这么走了。

"行李箱不上锁很危险噢。"

她仿佛想这么说,背影悠然从容。

我的法语只会说:

"给我一小瓶啤酒。"

"我要买一件那个小号的。"

另外,顶多只会"谢谢"与"再见",所以我只能呆然地目送她离去。

东西啥也没少,那个人,难道只是抱着好玩的心态检查外国人的行李吗?

去年春天,我从阿尔及利亚去摩洛哥时,领队一再提醒要小心饭店里的小偷,好像连一流饭店都不能掉以轻心。

一下子忽然整层楼停电,或是警铃大作。然后就会有人趁房客慌张冲出房间时,偷走护照与现金。据说是与饭店员工狼狈为奸。

即便锁了门也可拿备用钥匙潜入,所以领队交代,女人独自在房间时,一定要在门后放把椅子,上面放上垃圾桶,再放上装水的杯子,于是我在睡觉时还真的那样做过。

更夸张的例子,是从钥匙孔喷入喷雾式安眠药,等房客昏睡后潜入再洗劫，听到这样的例子，我已不知该如何是好。

无奈之下，我只好在睡觉时在垃圾桶上放上饭店提供的《圣经》。

许是因为遇到小偷却安然无事，说到小偷我想起的是相声段子里的小偷。

头上包着肮脏的手巾，在鼻子底下打结，背上扛着花色的棉布大包袱，但或许是因为世间越来越难混，那种古典的小偷，现在只能在表演席上看到。

小偷也变坏了。笨小偷消失的理由，我总觉得或许是因为房子的格局。以前，房子的格局也很笨，可以从檐廊闯入，天窗也毫无防备。有心的话，甚至可以从厕所的汲取口潜入。现在改用冲洗式马桶，这条路子也断了。以前也没有那么神经质地上锁。

但是，现在的公寓就是最好的例子，开口只有玄关一处。

无论是闯入者或被闯入者，一旦被发现就完了，无处可逃。所以，双方都会横眉竖眼，以性命相搏，因此才会动不动就拿刀子吧。

受邀至别人家吃晚餐，话题不知怎么扯到这方面，正在热烈讨论小偷时，那家念小学一年级的男孩忽然说：

"日文的小偷为什么叫作'泥棒'？"

在场的大人全都在瞬间静默。

为何偷别人东西的人，要叫作泥巴棒子，谁也无法解答。

孙子手[1]

那已是将近三十年前的事了,在三位身份高贵的女性面前举办了一场排球比赛。

现在的筑波大学,记得当时还叫文理大学,在那里,有场排球比赛,身份高贵的人物莅临观战。

我在目黑女高这所排球相当有名的女校校队担任右翼中卫(九人制),结果在第一战就惨败。

一方面是因为我们第一战就遇上了当时号称最强的中村女高,但另一方面是因为东张西望。

我就是忍不住瞥向大人物那边,无论是传球或做球给队友都无法集中精神。

那三位,穿着所谓的宫中服,是用浅蓝色及粉红色花纹丝绢制成的衣裳。

---

1 孙子手即不求人。此处配合文意保留日文的称法。

比普通女性涂得更白的妆容,也是头一次看见。

更让我感动的,是那三位纹丝不动。不管选手失手或仰身摔倒,她们都不会笑,几乎是面不改色地瞪视,好像也完全不会抓鼻子或揉眼睛。大概是出身与教育都不同吧,我正在感叹之际,被对手大幅领先,输得很惨。

坐在电车上心不在焉地随意一看,我发现乘客可以分为动不动就抓某处的人,与完全不抓的人。会抓痒的人,经常在抓。用指尖来回抓头顶。把手伸到耳朵里,偷偷掏耳朵。搓搓人中。抹去眼油。搞定一边的眼头,再移向眼角。慢吞吞抓挠皮带下方。这种人,即便不抓痒时也坐立不安。像这种人,八成当不了总理大臣吧。我一边暗想,一边也忍不住抓抓脸颊。

并不是特别痒,也不是不抓就会发疯,只是,不知不觉手就自动去抓痒。这种时候如果叫自己别抓了,总觉得好像会咔咔的,不太舒坦。真奇怪。

我家老爸,大概是油性肌肤,背上动不动就会痒。
"喂,背!"
父亲在起居室大喝。
"来了!"
即便正在洗碗,母亲被这么一喊也只好大声回话,立刻赶到。
她把手伸进父亲松开的棉袄背后,开始抓痒。

"不是那里，那边，右边，右边。笨蛋，那是左边吧，是右边啦，右边。嗯，就是那里。对,就那里。再上面一点！那样太上去了。再上一点！再一点。好了。"

我们四个小孩，就边吃饭后的橘子边旁观。

"差不多可以换手了。"

痒的时候，刚泡过水冷冰冰的手抓痒似乎比较舒服，母亲只好换个方向，换手抓痒。

"不对啦，是刚才的地方，刚才的地方。你抓错地方了嘛。搞什么鬼。不是那里，再左边一点——左边——那是右边。我的左边是你的右边嘛。再用力一点，用力。哎哟！好痛，谁叫你用指甲抓了。"

这种情景，一个星期会出现两三次。

"喂，抓背！"这种时候，如果母亲正好刚翻搅过米糠味噌，她会说：

"那，邦子，拜托你了。"

这实在不是让人高兴的差事，但我如果胆敢面露不悦，就会挨骂：

"是谁在养你的！"

我只好乖乖称是，开始抓痒。

"女孩子家还脾气这么大。给我安静一点抓。"

大概面对女儿终究有点不好意思，没有像母亲替他抓痒时那样左边右边、笨蛋饭桶地大呼小叫。

虽然没有大呼小叫，但我才抓了三分钟。

"行了。"

我被开除了。

"还是老婆比较高明。"

他以讨好母亲的口吻说。

就男人的一生看来，父亲的人生虽然吃了许多苦，收获却不见得大，但是想到他让母亲抓背时颐指气使的模样，我想他应该算是幸福的男人吧。

称为偏远地区，或许会挨骂，但在远离闹区的小杂货店门口贴了一张字条——

"内有孙子手。"无须说明，孙子手就是用竹子做的，可以自己抓背的工具。

我已忘了是在何时第一次听说这个名词，但"孙子手"是个好名字。

在日照充足的檐廊，老人让孙儿替他抓背——可以想见那样的情景。

每次都让孙儿帮忙抓痒，但偶尔孙儿也有不在家的时候。等孙儿再大一点，开始叛逆，不肯再这样乖乖替爷爷奶奶抓背了。无奈之下，只好用长尺——就这样成了孙儿之手的替代品。

不过，这年头，檐廊已经消失，公寓没有檐廊。撇开日照权不谈，但光线的确也变得很差。

现代都是核心家庭，所以家中也没有老人。有老人的地方没有孙儿。就算有孙儿，也只有在讨压岁钱时才会伸出手。孙儿的手已变成"给我钱"的形状。许是因为这么想，"孙子手"这张字条让我感到非常辛酸。

我虽没有孙儿，但颇为得意这把年纪身体依然柔软，所以不用借助"孙子手"，自己就可以抓痒。

我这么一说，旁人告诫我：

"单身的人，还是起码锻炼一下身体比较好哟。"

据说还有专为单身女子设计拉背后拉链的工具。将来，松下电器说不定会推出电动"孙子手"。不再给孙儿零用钱让孙儿帮忙捶背，与孙儿分开住，用"孙子手"抓痒，依赖座椅式电动按摩机，这大概就是所谓的文化国家吧。

满满派

欣赏画作或艺术品时,有人会耗费大量时间慢慢鉴赏,也有人匆匆瞄上几眼便走。

我是后者,换言之,我走路较快。

若去泡澡就像乌鸦戏水。

画就是画,茶杯就是茶杯,仔细观赏时总是不由得均等看待,于是印象反而变得稀薄。而且,如果知道时间很多,心情反而会松懈。

虽不至于到一期一会[1]这么夸张,但只有这一瞬间看得见噢,忍不住这样自己给自己套上枷锁,于是也许是狂热之下太紧张,余韵袅袅,残像反而更鲜明。将棋大师升田幸三据说从小便很擅长一眼猜出有多少只鸟飞起。

秘诀,就在于不要像其他小孩那样在空中一只一只数。

对飞起的鸟投以一瞥,把那个画面、那种感觉,瞬间烙印在眼中。

---

1 原为茶道用语,指一生仅此一次的相会。

据说之后只要计算眼底残留的鸟有几只即可。

此举深得我意，令我颇为欣喜，不过把升田大师与我这种人相提并论，是愚不可及，人家是天生的棋士，我只不过是性急罢了。

看起来就是干净利落的做法，所以在味觉上应该也一样吧——结果正好相反，让我感到很妙。

面条的蘸酱，我喜欢蘸很多。

与其说很多，不如说是满满的。

管他会不会被嘲笑粗鄙不文或乡巴佬，喜欢就是喜欢，我也没办法。

不过，等到临终时，至少不会留下这种遗憾：

"唉，就算一次也好，好想蘸上满满的酱汁吃荞麦面。"

满满的不只是蘸面条的酱汁。

说来丢人，不管是酱油或酱汁，我都喜欢浇上一大堆。

以前，如果浪费酱油会被臭骂。

吃生鱼片时，每人会以小碟子装酱油。

那时年纪还小，一不小心手滑就倒多了。如果能设法用光酱油那还好，万一剩下了就完蛋了。

"你连自己该蘸多少酱油都不知道吗？"

会被这样痛骂一顿。

"留着,你明天继续用。"

只有我的小碟子被收进纱罩。

下次用餐时,其他家人都在小碟子里重新倒上酱油,唯有我必须用上一餐吃剩的。碟子周围被溅起的酱油弄得脏兮兮的,而且不知是不是心理作用,总觉得酱油也变得黏稠,不好吃了,甚至好像有灰尘落上。

如果第二餐时还是没用完,吃完饭还得把粗茶倒在饭碗里,将残余酱油的小碟子刷干净。我只好独自喝下染上浅红色的粗茶。

或许是这次的经验刻骨铭心,从此我倒生鱼片用的酱油时,总是格外小心,只倒一点点。

那时我渴望赶快长大,剩下也没关系,可以不用在意那种事,蘸着大量酱油或酱汁吃东西。

这大概是父母教育产生反作用的例子。

吃充满奶油香味的西式煎蛋卷时,我喜欢浇上大量清爽辣口的伍斯特辣酱。既然已用了盐与胡椒调味,再浇伍斯特辣酱被视为邪门歪道,但想笑就尽管笑吧。热腾腾的白米饭,若有了这个,就太完美了。这样好像在宣传自己的家世卑贱,所以只能偷偷做,但私下一打听,意外地发现原来有很多人都会在煎蛋卷浇上大量的酱汁。

某位名门夫人说:

"我家会在蛋卷里放炒过的牛绞肉与洋葱,然后再淋上酱汁吃。"

我也常做同样的菜色。

"府上怎么称呼那道菜?"

"不知道耶,该怎么称呼呢?好像没有什么名称吧?"

"在我家叫'碎牛'噢。"

据说是因为把绞肉炒得碎碎的,不过叫碎牛也太那个了,好像牛在玩马球[1](骑马进行的一种球技)。许是因为牛骑马的联想,从此每次做这道菜时就会想起碎牛并为之失笑。

想要淋上很多的还有柠檬。

烟熏鲑鱼上桌时,如果没有配上切片的柠檬,会感到很可惜:唉呀,枉费有这么好吃的鲑鱼,早知道就从家里带柠檬来,请人家挤上大量的柠檬汁。

吃炸牡蛎时亦然。

把切成八等份的柠檬片,一滴不剩地挤在牡蛎上。慎重挤汁时,不小心弄错方向喷到自己的眼里,弄得眼睛刺痛,炸牡蛎也没淋到柠檬汁,简直是悲惨。

---

1 日文"碎碎的"发音为 poroporo,"马球"为 polo。

虽然事事都喜欢浇得满满的才甘心，唯有泡澡，如果水太满反而会不自在。

在热水溢出浴池的温泉场，身体一沉下去热水便哗啦流出。

"唉，太浪费了。"

我忍不住这么想。战时缺乏燃料，经历过只能隔两天洗一次澡那种痛苦，即便在三十五年后依然改不掉小家子气的毛病。

"煮意大利面要用大量的水加一撮盐。"

这个可以做得到，至于人，恰到好处的热水，煮了也不会溢出的程度会让人心情更舒坦。不过每个人的喜好各有不同。肯定也有人吃荞麦面时酱汁只蘸一点点，泡澡时却要热水漫出来才有泡过的感觉。这种人好像比较风雅。

飞机

我很想请教空中小姐的真心话。

你们在飞机起飞时真的不以为意吗？和脚踏车或汽车驶出时的感受完全一样吗？连被跳蚤叮咬那么一丁点的害怕都没有吗？

其实很害怕，但已有点习惯，而且自己若害怕，乘客会更不安，这样会令乘客却步，所以才努力挤出满面笑容吧？空姐的薪水中，该不会也列入了"微笑费"这一项？

我有生以来第一次搭飞机，是在大约二十五年前，记得是去大阪的时候，友人告诉我这样一个故事——飞机准备起飞，螺旋桨开始旋转。一名乘客忽然脸色发白，开始吵闹：

"我想起有急事。放我下去。"

"现在不能下机。"

乘客像要打倒拦阻的空姐般大吵大闹，不断要求放他下飞机，最后硬是下去了。之后飞机起飞，离陆后立刻因引擎故障而坠落。那位乘客以前是战斗机的驾驶员。

"那你多保重。"

我在那位友人的目送下走上空桥,螺旋桨开始转动时我几乎紧张得喘不过气。我有点气闷,那该不会是刚才故事里引擎故障的声音吧?唉,只有普通的耳朵真可悲。那声音听着还是怪怪的,要下飞机就得趁现在。

但飞机顺利起飞,平安降落在大阪机场。

这次的经历似乎留下了后遗症,至今我在飞机起降时还是无法保持平静。

放眼环视周遭,大家都泰然自若地坐着,但那也有点可疑。他们真的泰然自若吗?该不会是故作镇定,强调自己对于搭机就跟坐出租车一样早已习惯了?

最近我经常出门,平均一个星期搭一次飞机,但我还是无法放心。我想把凌乱的房间与抽屉收拾干净之后再搭机,却又忍不住想,不不不,弄得太干净的话,万一有个三长两短时,可能会有人说:

"果然冥冥之中已有预兆。"

为了讨个吉利还是就让它乱着吧,于是故意丢下一室凌乱直接出门旅行。

虽然每次都很害怕,但上次去美国时最惊险。

我是与外景队同行,所以也带了许多摄影器材。摄影机与照明灯具加起来二十五个,估计超过二百公斤,是超大型行李。我们搭乘的是波音七四七,可容纳四百五十人,假设一个人体重七十公斤,行李二十公斤——那已是可怕的重量了。不管怎么想,都不可能飞越太平洋吧。

那岂不是等于乌鸦脖子上挂着闹钟飞行吗?绝对会坠落。这么说或许很卑鄙,但能否让器材搭乘另一班飞机?

我在心中闪过这样的念头,然而我还是与工作人员开玩笑借以转移注意力。

这种时候我特别讨厌降落。

啊,飞机与海面异常接近。海面有飞机的影子。地面的街景与汽车越来越大。这不对劲。下降得太快了。虽然没人发现,但这显然是失误。我得赶快警告大家——正在这么想时,咚!屁股一阵冲击,已平安着陆了。

不久前我第一次去冲绳,回程在羽田机场等着领行李时,我被狠狠撞了一下,就在不停旋转的行李台旁。撞我的,是个五十五岁至六十岁,人数约莫十人的中年妇女团体。

"这里!就是从这里出来!"

其中一人高叫。

"没有绑名牌,怎么认得出来?"

"拖拖拉拉的会被人抢走噢。"

"小心一点!"

"你们找个人回原先的地方，用跑的，快点！"

这群大妈又推又挤地踹开行李台周遭的旅客，其中两三人奔向行李出现的地方，三三两两就定位。

"转得这么快，来不及拿怎么办？"

"啊，这个是不是寺内太太的？"

"没错没错！啊，不对！"

简直像打仗。

大家目瞪口呆，只能任由她们推挤拉扯。但我无法嘲笑她们是乡巴佬（这个字眼算是歧视用语吗？）。就连我自己，现在虽然不以为意，但第一次搭机时，也跟这些大妈的心情一样。虽然行李挂了牌子，但自己的行李一出现，就以不丢脸的程度迅速拉到手边，这才如释重负，想必是因为心里某处多少还是觉得："该不会被人抢走吧？"

我妈第一次搭飞机，是从东京往返名古屋。那已是快二十年前的事了，搭机前，她小声嘀咕：

"伤脑筋。这把年纪太尴尬了。"

父亲问她原因，她说：

"搭机时，不是得站在楼梯上，朝大家挥手吗？"

"笨蛋。那只有上报纸或什么照片的大人物才会那样做。你让所有搭机的人都站在那里挥手试试,那还得了。你以为你是谁啊?"

被父亲痛骂,据说母亲很沮丧。

之后母亲又搭过很多次飞机,她说很喜欢飞机。理由是如果坠落,航空公司会负责办丧礼。

看着太空梭滑行般着陆,我感到自己完全落伍了。

我的感觉还停留在靠螺旋桨缓缓飞行的飞机;是会使用"临时着陆"这种名词,有螺旋桨与机翼的飞机。

虽非协和号,但最近的飞机越来越像怪兽,面目狰狞。以前的飞机表情都很温和。

同样是在二十几年前,我曾在中央线某车站旁的玩具店,看到玻璃橱窗上写着:"内有飞机。"

貂皮

"您有皮草大衣吗?"

有一份这样的问卷。

"没有。"

如此回答后,必然会被问:

"为什么?"

因为太昂贵。

因为没有穿着的场合。

因为不适合自己。

因为觉得对不起自己养的猫……

虽是凭当时的心情随意回答,但这种时候大脑的一隅,好像有一张照片倏然闪过。

那张照片,我记得是很久以前某份报纸角落里的某篇报道附带的图片。

在北海道还是哪里的养貂场,有一只母貂被饲育员驯服。

貂这种动物的野性很强，脾气很坏，据说是绝对无法驯服的动物。但是不知何故，只有一只突变，表现的与众不同。

一般的貂，我忘记是十个月还是一年，总之成长到皮毛最美丽的时候，一律被迫告别人世，化为袖筒或大衣。

可是，唯有那只被饲育员驯服的貂，大概是不忍杀死，被当成宠物饲养。照片中，拎着桶装饲料的饲育员身后，紧跟着一只貂。它就那样奇迹般地保住小命。

大约十五年前，我替晨间日日广播剧写过《早安！毛小孩》这个故事。

以区内的猫狗为主角，以猫狗的视线看人类，换言之，是从地面三十厘米的高度描写当时流行的迷你裙（猫会爬到围墙或屋顶上，所以有时是从上方俯视），算是有点特别的戏剧。

这个广播剧持续了两三年，其中有一段是在圣诞节那一周制作的《火鸡的故事》。在满街的圣诞歌声中，区内的猫狗正在替鸟店门口饲养的火鸡出主意。

"我告诉你，若想活命，绝对不能被人类驯服。"火鸡拼命卖萌装乖，可是眼看着还是要被做成烤火鸡大餐，于是猫狗同心协力帮火鸡逃走。这样写出大纲好像很无聊，但如果听录音下来的内容，演员们其实异常认真。

饰演猫咪的黑柳彻子小姐、中村 May-Ko 小姐，饰演狗的熊仓一雄先生等人的声音，就像在演真人连续剧般逼真写实。饰演火鸡的，记得是渡边修三先生，表演得又可怜又可笑。众人声泪俱下，连副控室都鸦雀无声。结局如何我已忘了，但是看到貂的照片时，不由得想起自己写过的这出戏。

在餐厅菜单上，看到虾仁炒饭这道菜，还分有头与无头。

原来还分成有虾头与无虾头这两种。当然有头的要贵一百元，但是看到"有头"这两个字，不禁想起小时候摸过的狐狸领围。

在我小时候，也就是战前，狐狸领围曾经风行一时。只要是穿着比较时髦的和服与洋服的女子，脖子上一定围着狐狸领围。那些狐狸领围一律都有头。

我家是普通的薪资家庭，所以母亲没有狐狸领围，但是来我家的客人把领围与大衣一起放在玄关进客厅后，我曾偷偷摸过。

那是干瘦的黄色狐狸领围。嘴巴略张，发亮的玻璃眼珠一边略松，几乎快掉出来。小小的手脚坚硬冰冷，末端是黑色的爪子。散发着衣物防虫剂与粉底和山茶油混合的气味。

我想围在脖子上试试看，但做这种事万一被当场逮到，我知道肯定会死得很惨，所以我只摸几下就放回去了，但唯有那异常扁平的三角形狐狸头，至今仍记忆深刻。

貂皮大衣虽然无头，但是一件大衣挂着三十或五十颗貂头——这么一写，好像是买不起的人故意恶心人，多少有点心虚，但眼不见为净。人生在世或许说穿了就是这么回事。

为了吃牛排屠杀一头牛，或者一条小鱼干，几百倍的鱼苗晒干做成的一块鱼片，或许都一样吧。真要计较起来没完没了。

写着写着，越来越没气势，是因为我发现我也有皮草。

我没有皮大衣，但是大衣的领口，缀有皮草。

是猞猁（Lynx）。米色带有斑点，毛很长，日文称为大山猫。起先我不知那是什么动物的皮，不当回事地直呼Lynx，但我立刻得知那竟然是大山猫。

我家有猫。从小，家里一直养猫，世人似乎也都认为我是爱猫人士。我不会宠溺猫咪，但对猫还算不错。没想到我居然在脖子上围了两只大山猫的皮。

我家的猫看到皮草，老是喜欢表现亲爱之情，还把身体往某位女明星的貂皮大衣上蹭，一脸痴迷，最后甚至亢奋得差点用爪子抓，让饲主手忙脚乱。

我怕又被抓到，所以在家里的猫面前，尽量不穿领口有大山猫皮的大衣，但老实说，多少也有点把人家的小伙伴围在脖子上的心虚。

说到这里才想起，今年还不曾穿过那件大衣。

就中

我与住在同一栋公寓的小男生在电梯内巧遇。

男生大约上小学一年级,怀里小心翼翼抱着马尔济斯的幼犬。

"真可爱。"

我看到带狗的人,就想请人家让我摸一下狗,于是忍不住主动搭讪。

"你很喜欢狗吧?"

我以为小男生会回我一声"嗯",没想到答案很意外。

"并没有。"

咦?我暗自称奇,试着又问了一句:

"你会天天带它去散步吗?"

"并没有。"

小男生看起来并非拒人于千里之外。他应该是个很亲近人的孩子,过去我们在电梯遇到时,他还会帮我按我那层楼的按键。

就在我盘算是否要再问下去时,他先出电梯了,所以就此不了了之,电梯门关闭后我才醒悟。

他是迷上了"并没有"这句话。大概是刚学会"并没有"这种说法,很喜欢,所以动不动就想用一下吧。

亲戚家的小男孩,迷上的是"就中"。这孩子同样也才念小学一年级。
"我还没送入学贺礼呢。你想要什么?"
"我最喜欢的东西。"
"这样啊。是钱吗?"
"——"
"你说话可真有技巧。不过,钱就算了,我想送你东西。你想要什么?"
"东西啊?"
他似乎有点失望,但很快振作起来,想了一下,如此说道:
"就中……"
"啥?"
"就中就选钢笔吧。"
我张口结舌,他母亲连忙朝我使眼色。
他离席后,他母亲才向我解释,原来男孩自昨天开始就迷上"就中"这个名词。哪怕只是早餐,他也向母亲要求:"就中请做煎蛋卷。"
就中的意思,是"尤其""其中特别是",所以本来应该是在比较半熟蛋与荷包蛋等之后,才会说"就中请做煎蛋卷",但他可不管这么多,好像动不动都要加上一句"就中"。

"从早到晚,他好像都两眼发亮,一直在探索该怎么使用'就中'这个字眼。不过'就中'是大人,而且是老年人用的字眼,对吧?小孩说出这种话很怪异。感觉就像是'就中'(nakanzuku)这种角鸮(mimizuku)妖怪或怪兽,蛮好笑的。"

他母亲低声笑着说:

"连我都被传染了,跟别人说话时差点脱口而出,赶紧又吞回肚子里。"

这个少年,不,人们,就是这样学习词汇,不断繁殖吧。

以前我去上英语会话课时,老师教我们如果和意想不到的人巧遇时该怎么说。

"哇,地球真小。"

他如是说。

这是很风雅的说法,所以我一直想用用看,但我没有外国朋友,即便认识见过几次的外国人,也没有巧遇的机会,就这么过了两三年。没想到,很偶然地,我居然在大楼门口与那位英语老师不期而遇。

我是个糟糕的学生,上了九个月的课就不去了,不过这位英国男老师得知我是电视编剧后,上课之余也会问各种问题,或是谈论三岛由纪夫的小说,彼此至少都还记得长相。

啊,是老师!如此察觉的瞬间,我心想这正是使用"地球很小"这句话的好机会。

"哇!"

我才刚发出开头的感叹词。

正当我一边回想,一边准备往下说时,不,甚至还来不及准备,老师已抢先开口:"对不起,请借我十元。"

说着伸出手。

老师好像要打公用电话。

我慌忙翻皮包献上十元铜板。

"谢谢,向田小姐,你气色不错。"

这下子为时已晚。

于是好好的"地球真小"错失千载难逢的良机,到今天还是没派上用场。

老实说,我已忘记该怎么说了。

迷恋语言文字的不只是女人和小孩。

我认识的某位壮年企业家,四五年前频频使用"risk"(风险)。

翌年,"merit"(长处)与"demerit"(短处)这两个名词,在他的对话中一再登场。

我记得他谈到日本舞蹈大师武原判女士的地呗舞[1]，都不忘加入这两个名词，令我大吃一惊。

到了去年，最常听到他说的是"know-how"（窍门）。起初我没听清楚，只听到他说 no-ha，起先以为他说脑波（noha），但我立刻醒悟是 know-how。

三十分钟之内，这个字眼出现了五六次。虽然用法稍嫌勉强与牵强，但是能够成功使用这个名词时略显得意的神情，似乎与小男生使用"就中"时的表情一样。

对于崭新的词汇，有些人光在脑中使用，不会在日常生活中说出口，也有人勇猛果敢，乐于尝试，好像分成这两种人。

---

1 地呗舞是根据上方（京阪地区）的流行歌设计动作的日本舞蹈。

爱哭虫

偶然路过百货公司的玩具卖场,耳朵与眼睛都吓一跳。

"哔啵哔啵——"

"啾啾——"

"喀喀喀喀喀喀——"

"哇嗡哇嗡——"

"叽叽叽叽——"

漫画的对话框经常出现的声音,化为庞大的交响乐扑面而来。颜色也是三原色挥洒交错,闪亮亮地晃动着飞舞。

在这哔啵叽啾的热闹声光中,有一个小孩在抽泣。是个四五岁的小男生。还不到三十岁、穿牛仔裤的年轻妈妈气急败坏地拽着他的手,他正哭泣着被带出卖场。

小孩哭花了脸,露出世界末日降临的悲痛神色,呜呜呜地不停抽泣。他大概想要什么玩具吧。而我,现在可曾渴望什么东西到放声大哭?

偶尔，稍微哭一下，据说有益眼睛健康。眼泪含有——百分之零点几我忘了——总之有盐分，它会洗净眼睛表面的尘埃，比随便使用眼药水好。记得这是在某本书上看到的，但我的记忆向来靠不住。

许是因为身边无人发生不幸，或是感情越来越迟钝，我发现自己已经很久没有哭过了。父亲过世时也是，由于是猝逝，惊愕更甚于悲伤，我始终没有潸然落泪，就这样结束丧礼。

守灵的夜宵吃寿司比较好吗？两晚连续吃同样的东西不好意思，所以还是吃故人也嗜食的鳗鱼吧……这样操心之下，根本无法好好哭泣。

"浮躁！别人死了不但不哭，还这样得意忘形。"

父亲事事都喜欢正式，一板一眼照规矩来，所以在自己的丧礼时，大概也希望妻子和小孩号啕大哭吧。可惜，我们一家，都是毛毛躁躁的性子。

"家属请坐下！"

虽被如此斥责，但一下子坐垫不够，一下子担心有没有烟灰缸，还是忙得团团转。父亲肯定很气恼，无法安心上天堂。

怀着内疚的心情过了"七七"。当时，我与友人去京都赏樱。我们一行人很热闹，所以度过愉快的一天。回去前，我前往干货店，因为我已习惯在这家店购买煮高汤用的海带和若狭比目鱼干。

买了一如往常的商品后，"腌海参肠也给我一瓶"，说着找皮夹，我不禁笑了出来。爱吃腌海参肠的父亲已经不在了。虽然他已不在，我却还是一不留神就买了。

"真傻。我到底在干吗?"

我一边大笑,蓦然回神却发现自己哭了。店里的人大吃一惊,望着我的脸。我觉得很丢人,一边暗想,父亲明明都已经过世这么多天了……泪水却无法遏止。之前不知藏在哪里的眼泪,忽然像水枪般喷出吗?或许是在旅行地点,心想反正丢脸也没人认识,所以心情放松了?当时的心情连自己也无法解释。

我曾有过被人抱住大哭的经历,是在同学会的会场入口。

会场是新宿车站旁,位于餐饮大楼一隅的乡土料理店。我迟到了,匆匆走出电梯,好不容易找到那家店正要进去,忽然被狠狠撞开。不,是被人狠狠扑过来抱住。

"你变了耶。怎么搞的?"

是个胖嘟嘟、比我年轻十岁左右的女人。这个看起来像个好心阿姨的女人,摇晃我的身体。

"听说是瓦斯?正在睡觉的话,那的确没救了。我听说时吓了一大跳。"

她吸吸鼻子,开始啜泣。

所谓一头雾水,大概就是指这种情形吧。我完全没印象,连此人的长相也没见过。

"呃,不好意思,请问你是哪位?"

"啊？你不是某某吗？"

"不是。"

"天啊！"

那个人，以刚才扑过来抱住我的同样力道，狠狠推开我。

"要死了要死了！"

然后，她逮住路过的女店员："某某高中同学会在哪里？"她问。

会场在同一间店内。

但是，这天有三四场同学会，门口排了一串名牌。此人不知是近视，还是好友某某人与我长得一模一样，搞错了哭泣对象。我与此人在回程搭电梯时又遇上了。她和同学正在互开玩笑，放声大笑。不知是没发现我就站在旁边，还是虽然发现了却不好意思，总之完全不肯看我这边。她发出比普通人高八度的高亢笑声走出电梯。我终于理解"爱哭的人也爱笑"这句话。

这年头的小孩不再哭泣。

在我小时候，小孩经常哭。手脚冻得冰凉会哭，点心太少也会哭。

这年头，不再冷得令人想哭。只要有冰箱，也塞满了点心。

不只是小孩，大人也不再哭泣。很少再像以前的丧礼那样有人放声大哭了。也许是因为不再与老人同住，而且死在医院的人多于死在家中吧。

DDT 除了蚊子与苍蝇，也杀死了日本的爱哭虫。

良宽大师

现在正举办圆空[1]的展览,看到海报与报道,不由得心头一动。

"圆"这个字与"空"这个字我极喜欢。

圆,意味着圆满,是一文钱的一百倍,也是巨大之意。空,是天地之间的无垠大空。两者都从容大气,是让我这种小家子气的人非常嫉妒的字眼。不过,如果两个字放到一起变成人名,那就令人有点震惊了。

因为十六年前,我搬去新公寓时,门上就有前任屋主留下的圆空的雕刻作品。

那是我有生以来第一次离家。

过了三十岁,还与父母同住实在很郁闷,而且当时我已开始写电视剧本了,用电话说明剧情大纲时,总得特别小心不让"发生关系""怀孕"这种

---

[1] 圆空是江户时代前期的僧人、佛像师、歌人。在日本各地留下风格独特的木雕佛像而知名。

名词出现在家中的起居室,实在很累,所以最后在与父亲翻脸的形式下搬出家里时,老实说,我的确松了一口气。

当时正值东京奥运会,在我跟随房屋中介先生物色公寓的途中,自坡上望见开幕式圣火点燃的瞬间。记得就在拐进明治大道的巷子底,眼下是梦幻般的整片运动场。

那是匆忙找到的公寓,所以我无暇注意门上的装饰,只因位于霞町高地上环境很好,而且三个房间都照得到太阳,押金与权利金却很便宜,于是我当场决定租下,隔天就把书本和床铺运过去了。

搬进去时,我才发现寝室的房门上贴着木制的圆空雕像。是高约十厘米的熟悉木雕。

"咦?这不是圆空吗?"

这间屋子的前任房客,是只要报出名字,爱好古董艺术品的人必然听说过的艺评家。

"你看,这是什么?"

我故意不动声色地问前来办手续的房屋中介先生。

"不知道,应该是装饰品吧?"

中介先生使出浑身力气,试图把那个从门上撕下。但佛像是用强力胶粘连上去的,纹丝不动。

"贴这种东西真是伤脑筋。嘿咻!"

"啊，千万别逞强。"

"也不替后来的房客着想，真是伤脑筋。嘿咻！撕不下来呀。"

"算了，反正这张面孔我并不讨厌。"

"这样啊。不好意思噢。"

"你用不着替人家道歉。不过，这该怎么办才好？"

"还能怎么办，已经撕不下来了。小姐，如果你不讨厌，就让它这么粘着吧？"

我再次不动声色地勉强嘟囔一声"好吧"，开始收拾行李。

老实说，我的心里有点奸诈的盘算。

我在想不要没事找事，可以的话就这样留着自己欣赏。

我早早把中介先生赶出去，慢条斯理地打量。越看越像圆空雕的佛像。不，应该就是真的。

大名鼎鼎的艺评家，不可能收藏赝品。况且，那位艺评家是富二代，个性非常高调，这点在那方面的相关书籍也有提到。既然想撕也撕不下来，那就大方地让它这样继续露脸吧。

我买来圆空的书，与我家门上的佛像相互比对。

众所周知，圆空是江户初期的和尚。他是美浓人，在周游全国的过程中留下了许多优秀的木雕作品。

很像。简直一模一样。

我也把熟悉圆空作品的友人请来。

"是真货。千真万确。"

那个人看了,也有点兴奋。

若是真货,价格应该不便宜。就这样私吞有点心虚。

可是,我微薄的存款已因搬家花光了。就算我想立刻自首,请对方转让给我,也没有那笔经费。

结果,我对着圆空佛像打量、摩挲了两个月,半是欢喜,半是苦闷地一直在犹豫。

在粗糙木块上以素朴的手法雕成的佛像面孔,鼻子很塌,双眼紧闭。早晚看久了,渐渐觉得很像我自己。来访的客人也都说肖似。

那年的除夕夜,我终于下定决心,打电话到那位艺评家的府上。因为越看越爱,不忍释手。我打算以分期付款的方式向对方买下。

接电话的是艺评家的夫人。

"噢,那个呀,不嫌弃的话就送给你了。"

那位夫人,干脆地如此表示。

"那怎么行,那么昂贵的东西。"

我话还没讲完,就被夫人爽朗的笑声盖过。

"很便宜啦,那是塑胶做的。"

我在那间公寓住了六年。搬家时,很想把我深爱的这个圆空的佛像也带走,但我使出吃奶的力气用力拉扯还是扯不下来。我只好遗憾地就此离开。本来还以为随后搬入的房客或许会打电话来,但并未接到那样的电话。

小学五六年级,我瞒着父母偷看大人的书时,为了预防万一总是会另外准备一本书。

是《良宽大师》这本书。

用这本书当挡箭牌,偷偷阅读法国作家亨利·巴比塞(Henri Barbusse)的《地狱》和森鸥外的《性欲生活》。

或也因此,每次说到"良宽大师"都会感到有点可疑,好像有双重人格。总觉得他看起来像是与小孩拍球玩了一整天,却也做了不守清规的坏事。

圆空在我心中与良宽大师是同卵双胞胎。

也许是因为自己心虚,在此人雕刻的佛像脸上,我感到的不是佛性而是人性,而且是狡猾的、充满七情六欲的人性,真是伤脑筋。

鬼怪

不知是诚意不够还是运气不佳，我到现在都没见过幽浮也没见过鬼。

说到幽浮，见过的人据说会接二连三一再看到，我却一次也没见过。

"啊，幽浮！"

从公寓五楼的阳台朝夜空探出身子一看，原来是外形有点奇特的货用飞机。上次我也是去外县市时，忽然看到天上有陌生物体飞过，当下愣住了，但再仔细一看原来是鬼怪（phantom）战斗机。

夜里心口遭到重压，我心想，终于撞到鬼了吗？勉强撑开眼皮一看，压在我胸口的原来是我养的猫。

房间角落坐了一个穿白衣的人。啊，太好了，我终于也可以见到鬼了吗？恐惧中也有点喜悦，但在昏暗中揉眼一看，原来是自己随手脱下的白衣服。

关系密切的人过世时，据说冥冥之中会有预兆，或是在梦中出现，但我也完全没发生过这种情形。

我舒服地呼呼大睡，正在大打哈欠时接到电话才知亲友骤逝，对于自己没感到任何预兆的迟钝，觉得很丢脸。

我想吃好吃的，看好玩的，这种现实方面的欲望太强，把精神层面的喜悦放在第二位，幽浮与鬼怪八成也看穿我这种性格，心想谁要去那种家伙面前，所以故意避开我。不过事事皆有例外，我也见过那么唯一一次。

很久以前，作家永六辅先生当主办人，定期举办欣赏古典相声之类表演的小聚会。有段时期也邀我去参加，那天不知怎的我迟到了。抵达会场所在的地下酒廊时，穿着日式大褂制服站在门口收票的男生也已进去了。我一只手捏着会费（忘记是一千还是一千五了），慢吞吞地走进已熄灯的漆黑会场。

事前没有仔细打听，今晚不知会是什么表演？我边想边拨开拥挤的人潮往里走，在柱子后面看到那位收票的男生背影。此人算是永先生的手下，好像负责包办会内事务。我松了一口气，戳戳他的背，递上会费。

他向来总是殷勤接下会费，可这次，却很困扰地低声说：

"待会儿，待会儿。"

还想甩开我的手。

我是个胆小的人。不敢分期付款也不敢借钱。如果不先把钱付清，就无法打从心底里享受。

"可是，我已经拿出来了，请收下。"

"待会儿，待会儿。"

男生比之前更激烈地甩开我的手。

这时，会场突然陷入真正的黑暗。本来残留的些许萤火般灯光也消失了。会场角落开始响起呜呜呜这种令人毛骨悚然的声音。

这时，甩开我的手的男生，拿手电筒自下方照亮自己的脸。我吓得尖叫。男生额头绑着白色三角布，装扮成鬼魂。原来这晚表演的是怪谈，男生正在努力炒热现场的气氛。

记得在我二十岁的时候吧，曾经一个人被迫去决定要搬迁的房子里过夜。那是父亲在保险公司的仙台分公司当店长时的事。父亲基于职责，只身在那边留守过夜，但不久他就打电话来，叫家里送一个小孩过去。父亲虽然耀武扬威，其实很怕寂寞，也很胆小，所以大概不想一个人在没有家具空荡荡的屋子里过夜。身为长女的我只好过去，但父亲在我一抵达那间屋子就说：

"我还有工作，不好意思，拜托你了。"

然后他就匆匆走掉了。

居然有这么过分的父亲，我简直目瞪口呆。如今想来，害羞的父亲，或许是与青春年华的我单独相处感到不自在，也不知该说什么话题才好，再加上性子急躁，所以才认为只能赶紧离开，但那时候，我真的是气坏了。

为了预防万一，我特地带来镶有银饰的横笛放在枕下，然后从包袱中取出收音机打开。

时值夏夜。

收音机流淌出的，竟是爱伦坡的《黑猫》。朗读者是德川梦声。

我认为此人真的是大师。

我吓坏了，简直坐立不安。

我握紧枕下的横笛。

门倏然拉开，白白的东西进来。我举起横笛。

"起码开个灯嘛。"

穿白衬衫的弟弟站在门口。

怎么可以把年轻女孩一个人留在那里，太过分了！大发雷霆的母亲，派了弟弟过来陪我。

我开灯关掉收音机。

这时的员工宿舍，位于仙台广濑川畔的琵琶首这个地方。我在东京上学，只有寒暑假才会回来，但"琵琶首"这个地名，也令我心生畏惧。

上次，我遇到妖怪。

不过，那其实是猫。诗人M氏养的猫，名字就叫妖怪，是只黑白斑点的大母猫。它块头虽大但非常文静，也很黏人。我喊它它也充耳不闻，但M氏柔声一喊妖怪，它会以更温柔的声音回应。

不管怎样，我好像都与鬼怪无缘。

变声

小学的时候，我学过长刀。这么讲会被人发现我的年龄，不过那是中日战争最激烈的时候，所以体操课的时间几乎都是头上绑着白毛巾，喊着嘿嘿哈喝。

问题是，这个"嘿！"我就是发不出来。

"八双势[1]！"

体操老师如此发号施令。

我们为了不让彼此的长刀打到，隔着很大的距离站立。

"嘿！"

伴随吆喝声，我们摆出姿势，但我经常挨骂。

"不要模仿蟋蟀！"

我天生的尖嗓子，越努力就越是从头顶冒出。

---

1 举刀竖直靠右侧，左足向前跨出的架势。

在班上，只有一个同学的声音深得老师喜爱。老师叫K这个同学在大家面前单独表演一次。

"嘿！"

只听声音的话，根本不会相信这是个十二三岁的女孩。她的声音就像哥哥或爸爸一样粗厚。

老师大为满足，叫我们要向这个同学看齐。向来不起眼的她，这天看似是个大明星。

我和这个同学家住在同一个方向，于是放学回家的路上，我问她怎样才能发出那种声音。K这个孩子，不发一语，只是沿路扯着篱笆的叶子走路。我也跟着一边拔树叶一边尾随。那天，大概是事事都想模仿她吧。

她把拔下的树叶放进口中。我也有样学样，放进嘴里。叶子非常青涩。她吐出叶子，我也吐掉。

"人家，小时候，扁桃腺开过刀。"

四国的高松，讲话有点像大阪腔，女孩子会自称"人家"。我也在一转学后，立刻学会这么说。

"手术好像失败了。人家本来不是这种声音。大概是因为一开完刀就大笑的关系吧。"

她小声说话时的声音，听起来还是像哥哥或爸爸在吐露秘密。

那孩子自言自语似的嘟囔：

"女孩子不会变声吗？"

现在已经放弃了，但有一阵子我只要在电视上看到乡广美出现，就忍不住抱着某种期待看他，不，是听他唱歌。

他现在虽是以少年般的嗓音唱歌，会不会某一日突然就变得声音粗哑？但是，他出道已经很久了，至今没有那种征兆，每天都以正要变声的感觉高歌。

原则上，男孩子会在某一天，突然自童音变成男人的嗓音。

相较之下，女孩子打从出生时就是女人的声音吧。

其中，也有会变声的女人。

我打电话过去，接电话的是女人。

对方以很不高兴、非常不耐烦的声音说：

"喂？"

感觉就像是无奈之下只好勉强出声。我一边心想：打错了吗？一边报上自己的姓名，确认对方的名字，结果对方顿时声调一变：

"哎呀，好久不见。你最近好吗？"

一时之间我甚至怀疑是否换了人接电话。我也算是比较随和的人，所以努力用做作的声调讲话，但天中轩云月及中村 May-Ko 若有七种声调，那么这种人不知该说是几种声调才好。

很久以前，我在电视台与某位歌手同席。她以甜美深沉的嗓音婉转歌唱而广受欢迎，是个美人。与我们说话的声音，也像在唱歌，同样生为女人，为何差异这么大？我甚至很想怪罪我那声音不优美的父母。

后来那个人先走，我也晚了一步要离开摄影棚。在门口响起声音。

"要我讲多少遍你才懂！"

是个低沉犀利的女声。

在舞台布景后面，隐约可见一个年轻男人低头摆出挨骂的姿势。好像是演艺制作公司的人。

"老娘可没空养笨蛋。"

我本想悄悄走过去，结果布景后面露出裙摆，与刚才以甜美深奥的声音婉转说话的女歌手的衣服同样颜色。

在地铁日本桥车站的检票口，有一对给人感觉很好的情侣。时间是傍晚五点左右。

那是一对看似公司同事、年近二十二三的男女。大概是规矩严格的公司，他们的服装很保守，说话方式也斯文有礼。由于正值下班高峰时间，前面的人潮卡住了，所以我得以听到一点两人的对话。

女方打开皮包准备取出月票，手撞到我的身体。

"抱歉。"

她还是一样有礼地向我致意。淡妆近似素颜，是个颇有姿色的美女。

来到月台，开往浅草的班车来了。男方上车，女方挥手目送。好像还不到情侣的程度，但感觉上已经近似了。

电车远去后，女人在月台的长椅上坐下。打开皮包，涂抹口红。涂得相当浓艳，眼皮上也抹了青色眼影。动作熟练，不到一分钟就搞定。

开往银座的电车来了。

女人上车，我也跟着上车。

电车很拥挤。

许是因为化妆，那个女人以截然不同于刚才向男人挥手的姿态摇晃。

突然，声音响起：

"喂，你搞什么鬼啊！"

是刚才的女人。

紧靠她身后看似疲惫的中年上班族，不知是手不小心摸到她，还是做出猥亵的行为，总之是对男人发飙的声音。那个声音，与刚才向我说"抱歉"的声音，完全判若两人。

变声，原来女人也会。

脱掉了

或许是在有老人的家庭长大的关系，至今拿小碟子装黄萝卜干或腌小黄瓜时，还是无法夹三片，结果一定是两片或四片。

三片发音等同"砍身"，不吉利——小时候受到的教育，好像已经渗入骨髓。

祖母说一片也不好。听起来像"砍人"，据说（不知真假）被判处死刑的人，最后吃到的泡菜就是一片。

这方面，大概还留有武士腰插双刀那个年代的遗风。

不过日本人本就摄取太多盐分，夹两片或四片忍受死咸勉强下肚，那才真是自寻死路，但明知如此，拿起筷子时，还是忍不住会夹两片或四片这种偶数。

"生鱼片是七五三。"

记得被这么教导过。

在家自己杀鱼、剔骨做生鱼片的现象，现在已难得一见，但以前，每个家庭的厨房至少都有一把杀鱼刀，经常做鲣鱼或鲷鱼生鱼片。

说是七五三，并非一人十五片，意思好像是说片数必须是奇数较合乎规矩。

我也试过，做生鱼片时，的确，若是放两片或四片、六片，总觉得少了点气势。或许是自己一厢情愿地认定，但奇数的确会感觉比较新鲜美味，说来还真有意思。

"晚上剪指甲会无法替父母送终。"

现在的年轻人，没听过这种说法吗？我这么一问，有一半的人表示"被这么一问才想起"，或者"好像曾在哪儿听说过"。

我小的时候，被相当严肃地教训过。

那是小学二三年级时，我洗完澡拿裁缝用的剪刀剪指甲，被父亲撞见，当场被痛骂一顿。

"你不替父母送终也无所谓吗？不孝女！"

父亲暴起青筋斥骂的过程中，似乎开始想象自己死亡时的样子，变得莫名激动，气得声音颤抖，所以我害怕归害怕，不免也觉得有点好笑。

他自己发脾气，好像也感到有点怪异。

"下次给我注意点！"

说完，拿起剪刀就走了。

父亲走进自己房间,接着响起动静,我悄悄过去一看,原来父亲在剪白纸,做成祛邪除秽时供在神坛上那种轻飘飘的纸条。

现在不是在神坛供奉那种东西的时期,那八成是父亲的恶作剧吧。

我记得当时觉得很好笑。

晚上剪指甲为何会无法替父母送终?

那大概是以前没有电的时代,只能靠蜡烛或灯笼照明,手边很暗。在那种状况下剪指甲,很容易剪太深导致细菌侵入,当时没有抗生素,所以大概会引起非常麻烦的后果。

父亲自己虽然这样骂人,但他晚年经常在洗完澡后让母亲替他剪脚指甲。

"没父母的人无所谓。"

祖母过世后,已不需要再担心丧礼问题的父亲傲慢地说,但是夜晚安静的客厅里,咔嚓咔嚓的声音,和剪纸、剪线、剪布乃至剪其他东西的感觉都不大相同,有点沉重。

也曾趁着父亲没回来,晚上在暖桌旁剪指甲,指甲屑飞进暖桌,皮屑烤焦的气味弥漫客厅,只好慌忙点香来掩饰。

现在的新式家庭,不知如何?随便几时剪指甲大概都没关系吧?

要去上学时,才发现制服的拉链或扣子松脱快要掉了。脱下让大人缝补其实也要不了几分钟，但上学迟到对小孩而言，比什么都丢脸，所以很不情愿。我性子急，干脆站在玄关直接让大人在身上缝补。这种时候，祖母没逼我说出"脱掉了"[1]之前绝对不动针。即便叫我快说，我也心不在焉，或者坚持不讲那种话也没关系，这时祖母会说声：

"真拿你没办法。"

然后，她自己代替我念诵：

"脱掉了。"

这种习惯似乎已根深蒂固，临要出门时，如果发现裙子的下摆脱线，直到现在，我还是会大喊一声"脱掉了"，站着匆匆动针线。

NHK是巨大的建筑物，而且入口有两个，楼层不同，起初我经常走到一半就晕头转向。

我大致判定方向，然后边问边摸索走去电视制作的房间或试映室，但途中不幸迷路，只好用走廊的公用电话找负责的工作人员来接我。

NHK的走廊也很宽敞，已接近小型大厅的宽度。中央是玻璃挑高空间，正好映出我迷路仓皇的模样，非常周到。

当时正在做《宛如阿修罗》这个项目，季节记得是冬天。我为了看试映

---

[1] 日本人认为只有死人才会穿着衣服任人在身上缝补，所以这时必须念咒语"脱掉了"避免不吉。

小跑过走廊,但是举步维艰。

是我成天坐着工作缺乏运动,所以终于不良于行了吗?我心生不安,蓦然朝脚下一看,某种黑色长长的东西,自黑色针织喇叭裤脚露出。我心想那是什么,一扯之下,长长的东西不停扯出。这是怎么回事?黑色的裤袜,除了我身上穿的这件,竟然还有一件缠在喇叭裤上。上次外出归来我太懒惰,连同长裤一起脱下才会发生这种糗事。

走廊那头,和田勉先生一边挥手,一边大声嚷着"辛苦了"走来。

在我的人生中从未遇过那么困窘的场面。

无花果

最近，我迷上无花果料理。

料亭送上的无花果淋芝麻酱非常美味。芝麻酱是黑芝麻。浓稠的口感与香气，还带有些许甜味，不过芝麻要磨到这么细，肯定得磨到手臂酸痛才行。

小时候，我总是奉命帮母亲或祖母按住磨钵。坐在厨房地板上，使出浑身力气按住大磨钵。稍不留意，磨钵歪倒，就会被骂：

"你在按住哪里！"

独居后，没有人帮我按住磨钵，磨芝麻时只好用小钵，但总觉得是在磨鸟食，很不是滋味。

想吃无花果，又嫌芝麻酱麻烦，正在这么想时，友人寄来无花果淋醋味噌。

寄来的无花果有蒸熟的与生的两种，都很好吃。我立刻学着试做，这时十年前在某本杂志上看过的一则报道忽然重现心头。

写那篇文章的，是吉川英治先生。

把无花果,我忘记是威士忌还是白兰地了,总之是用洋酒炖煮。虽只是这样简单的做法,却是非常好吃的小菜。记得好像看过那样的文章。改天试试看吧,也学着做做看——我想起当时心里这么想着,却终究不了了之。

打铁趁热。

烹调想做的菜色时,截稿日逼近,比起做菜其实该勤奋写字时,我会如此命令自己。

我奔向附近超市,买了一盒无花果,剥皮后,在珐琅锅子里排好。一边心想用威士忌有点浪费,一边还是倒满锅子,煮沸后转小火继续炖十五分钟。等汤汁冷却后,无花果已半带透明,酒精蒸发只剩下鲜美的味道,放凉了以后淋上醋味噌,成了相当可口的一道菜。将无花果略微调味,不蘸醋味噌就吃的方式,我也打算改天研究一下。

淋了醋味噌,生的无花果也相当好吃。这时,无花果若能稍微余一下,剥皮会更好剥。切除头尾,对半剖开,在切口淋上味噌就大功告成。我很容易上瘾,所以这两三天餐餐都吃这个。

有一阵子,也迷上无花果配生火腿。常听人说生火腿配哈密瓜很好吃,但比起哈密瓜的甜蜜,我更爱无花果若有似无的酸味。

二十几岁时住的房子,有很大的无花果树,每到季节就结满吃不完的果实。自己家就有反而不想吃,也没想过要煮成果酱或换个烹调方法端上餐桌。

搬到没有院子也没有无花果树的冷清城市改住公寓后,我买来一盒六颗四百元的无花果,再次对那成熟的风味赞叹。

正所谓昔日不识情滋味[1]。只因为自家有,就不当一回事地视而不见。

我家有三姐妹,经常玩交换游戏。碰上换季或大扫除时,我会把穿腻的衣服及皮带、皮包送给妹妹,或是用两条新手帕交换。我是长女,所以故作大方不求妹妹的回报,表现自己的大度,但是过了几天,看到妹妹把我不要的衣物穿得比我更好看,忍不住有点心理不平衡。我觉得自己太大意了。

"不好意思,是我搞错了。能否还给我?我再送别的给你。"

也曾这样把交换品又要回来,但这种时候,妹妹的眼神往往充满轻蔑,再想想自己的年纪,最近我已尽量不再事后反悔讨回交换品。

"蛮适合你的嘛。好东西果然就是不一样。你看起来有气质多了。"

一边说着这种不知算是拍马屁还是施恩的话,一边暗想,东西在自己手边时为何就没发现它的好处呢?这次也感到相当扼腕。

去参加宴会吓了一跳,因为撞见一对离婚夫妻在会场相遇的尴尬场面。

---

[1] 此句出自《百人一首》的情诗,原意是相遇之后方知昔日等于不识恋爱滋味。

男方正在跟我讲话。

我忽然一惊。

他的前妻正从对面走来。二人都是我的朋友。

这种场合该如何是好,我一时之间无法判断。故意佯装不知未免太矫情,正在暗自烦恼时,男方似乎也有同样的想法,对话一下子变得很奇怪。看似不动声色地闲聊,但他已心不在焉。

至于女方,看到我们这边,也面露诧异。

其实她从刚才就注意到了,但似乎费了三至五秒才下定决心,从发现之后,到面露诧异为止还有时间差。

她和颜悦色地走近。

"最近还好吗?"

"托福。"

双方刻意彬彬有礼地寒暄,然后又含笑各奔东西。

前妻不动声色地将视线从前夫衬衫领口的干净程度到领带、鞋子一一扫过,前夫也对前妻的后颈、胸部投以一瞥。

前妻在离婚之后立刻出席盛会时,尤其在席上可能遇到前夫时,一律都会把妆化得比以前更浓,更注重穿着打扮,变得年轻貌美。

之后,很偶然地,我又和前夫那票人去第二摊,不知何故,前夫喝威士忌加水的续杯速度好像比往日更快。

U

每次都提陈年旧事实在不好意思,战后我看的第一部电影是《春之序曲》。

那是由狄安娜·德宾(Deanna Durbin)与法兰奇·汤恩(Franchot Tone)主演的美国片。现在想想其实是部很无聊的片子,故事情节我也忘了,唯有一点印象深刻的,就是在这部电影中我第一次看到美国厨房。

场景应该是在纽约或旧金山吧,总之,好像是超级摩登的公寓。那是早在日本出现"公寓"这个名词之前的事。

法兰奇·汤恩,此人就美国男人的标准而言,是优雅、潇洒的帅哥。他饰演相当有钱的男人,在豪华公寓里享受独居生活。某个中午,他临时回到自己的住处,发现胖女仆正在厨房里烹饪。

这个厨房,夸张得令人叹息。在宽敞的起居室中央,呈圆形突出,照现在的说法大概叫作中岛形厨房。吧台环绕,站着料理的地方比较低,那边是成套的瓦斯炉台与调理台、冰箱。

我记得电影是黑白片,但厨房里的一切都是用金属与透明材质打造的,闪闪发亮。更惊人的，是女仆用的锅子，竟是透明的。

她正在用看似金属铲子的东西煎鱼，那么大的火，锅子不会裂开吗？那时我还没听说过强化玻璃，只能认为那是在变魔术。

而且，突然进来的法兰奇，对着女仆摊手耸肩（这个动作虽然没有厨房惊人，但在当时同样也很新奇）：

"我最怕鱼腥味了。"

他潇洒地说出大意如此的话。

胖女仆毫不卑屈，态度反倒很是凛然：

"今天是我的休假日，应该没关系吧？"

她如是说。

看样子，那天好像是女仆不用工作的日子。用透明锅子煎的鱼，是女仆为自己烹调的菜色。

那是三十几年前的记忆，大概不太正确。

但是，那个宛如晶亮机械的厨房、透明的锅具、鱼的对答中展现的人际关系之新鲜，让我找到理解美国这个国家的突破口。不，这是做作的说法。对于美国文化，我是先从厨房窥见的。

没有《春之序曲》那么古老的若乃花——我指的是上一代，也就是现在的二子山师傅，此人令我印象深刻的照片与报道同样也是关于吃的。

某大型画报杂志，记得是在卷末的一页，当时刚升为大关[1]，人气绝顶的若乃花，只穿着丁字裤伸长双腿坐着。记得好像是在方形的地炉旁，但这部分我不太有把握。

这篇报道与照片的主旨似乎是"我爱吃的东西"，若乃花大关举出的是"糯米团子"。

文中，他率直谈到夫人踩缝纫机做洋裁缝当副业：

"喜欢的团子也自己动手做来吃。"

记得好像有这么一行字。

如果是我记错了，那我得俯身道歉，但我就因这张照片与这句话爱上若乃花。比起其他的横纲与大关，他的体形略逊一筹。号称后脚跟有眼睛的若乃花，即便已被逼到土俵[2]边缘，还可以扭身逆转局势的姿态令人赞叹，同时这一行字倏然闪现。

我喜欢的关取，也是从吃的开始的。

我虽是女人却天生邋遢，打开抽屉，要找的东西从来不可能立刻出现。坏就坏在我怕重要的东西遗失就麻烦了，于是整理之后特地收起，好了，这下子真要用到了，却搞不清楚到底收在哪里。

---

1 大关和横纲都是日本相扑运动的等级，横纲为最高级。
2 即比赛场地。

这样迷糊的结果是一不小心差点丧失领国民年金的资格,缴税期限已至,还没找到缴纳单,到处翻箱倒柜之下过了缴纳期限,给别人添麻烦,自己也很不方便。

我心想这样不行,于是一念奋起,买了四个七层收纳柜。把税金、年金、名片等一一做成索引,这不是在炫耀。别人是当作理所当然的事情在执行,可是对于事事晚熟的我而言,这不啻是一场革命。总之,它们就此进驻客厅一角,但是按照目的分类整理好好放置的,只有起初那半个月。

转眼间,年金与税金和收据已混在一起,信件与海外旅行资料同居,一切乱七八糟。

其中,唯有一样可以夸称井然有序的,是"U"这个盒子。

"U"是美食(Umaimono)的简称。

打开这个抽屉,放了各种剪报与书签。

烤星鳗的下村,同样是烤星鳗的高松、昆布七、仙台腌长茄的冈田,位于世田谷的欧式米果幸泉,在鹿儿岛上小学时老师送的笼六的春驹[1]。

那是我想等工作告一段落后,请对方寄来的店家名单。包括下次去京都想立刻去报到的,位于花见小路的小饭馆。高山市的飞驒厨房。

---

1 春驹是一种传统的萨摩点心,以竹叶包裹长条形麻薯。

我很怕麻烦也懒得为工作做笔记，但在借来的妇女杂志上看到沙丁鱼煮梅子或萝卜炖猪肉时，我一定会以事后还能辨认的清楚字迹抄下食谱装订起来。

　　只要能把这种热情的一半放到工作上，肯定可以写出比较像样的文章，但我虽在厨房与餐具上付出超乎身份的金钱与劳力，对于桌子及周边用品，却还忍受十几年前勉强凑合的不便，至今继续使用。

　　人不能只为"U"而活。惭愧之至。

虫子季节

我算是稍有小聪明，却成不了大事，比较懂得随机应变，所以我自以为任何买卖都能搞定，但唯有两种行业无法胜任。

一种是纽扣店。

我生来就不擅长整理，尤其做不到把东西放回原位这种单纯的事。无论是挖耳棒或剪刀，心想只要待会儿放回去就好了，于是随手往旁边一塞，就此再也找不到。

我如果当了纽扣店的店员，最后那种类繁多、令人头晕眼花的纽扣肯定回不到原先分类的抽屉，变得乱七八糟，找不到客人指定的纽扣。

还有一种我绝对无法胜任的职业是间谍。

若是被拳打脚踢地拷问，经过生于明治时代的父亲对我的锻炼，我应该还熬得下去，但是拿飞蛾或蝴蝶来吓唬我，那我就没辙了，一声尖叫，管他是国家机密还是什么，我肯定会一五一十全都抖出来。

蝉、蜻蜓、毛毛虫、蟑螂，总之只要是虫子我全都怕。甚至光是在书店的架子上看到《飞蚁之丘》这个书名，虽对北杜夫氏并无任何不满，也吓得汗毛倒立，所以接下来的季节很麻烦。

记得是我五六岁时。

季节就是现在这个时候。我想大概是盛夏。

我有个刚起床会发呆的毛病（现在仍有那种倾向）。当时，也半闭着眼去洗手间，咕噜咕噜漱口，只在眼睛的地方沾点水意思一下随便敷衍了事。我闭着眼向后转身，摸向自己挂在老地方的毛巾，也没把毛巾扯下来，直接拎起来擦脸。脸上好像有东西，而且还痒痒的，若说是洗衣夹又太软了。附着在毛巾上的，是蟋蟀。

我大声哭叫，正在旁边的小房间站在母亲的镜台前拿皮带磨剃刀的父亲急忙跑过来。

许是因为蟋蟀的脚长有许多细小的刺，它抽动着卡在我的眉毛上扯不下来。脸颊的地方，好像也沾了东西。有种草腥味，别提多恶心了。

父亲也同样讨厌虫子，连毛毛虫都不敢抓，但毕竟是父亲。大概是挤出一辈子的勇气，终于替我取下粘在脸上的蟋蟀尸体。他杵杵还在激动哭叫的我，怒吼道："想哭的应该是蟋蟀吧。笨蛋！"

我讨厌虫子的毛病变得越来越严重。

会抓老鼠的猫叫作鼠猫，会捕蛇的猫叫作蛇猫，会抓蜻蜓的猫叫作蜻猫，记得在书上看过这种分类的方式。

以前住在有院子的独栋房子时养的黑猫，是麻猫。换言之，是抓麻雀的高手。即便是结霜的寒冷早晨，它也会趴在树丛后面等麻雀。趁着三五成群飞落草地啄小虫的麻雀安心时，它立刻扑过去。很少失手，不过偶尔也会失败。

麻雀瞬间察觉黑猫，哗啦啦飞起。这种场合，它总是会做出同样的动作。

它会忽然原地做出匆忙理毛的动作。我猜想大概是失败了不好意思，但是它每次失败都做同样的动作，于是我半带好玩地翻开动物学专业书籍查阅。

原来这叫作"调换的精力"。想做某件事的精力忽然中止时，精力无处发泄，据说会做同等程度的活动来发泄精力。

拜猫咪所赐，让我学到一个新知识点，但这只专门抓麻雀的猫，当我睡午觉时跑到我身旁嬉闹，舔我的脸催我陪它玩。

怎么有股腥臭味？该不会是刚吃过鱼吧？我倏然睁眼，只见就在我的脸旁边躺着被吃掉一半的蝉。

我的叫声，肯定与小时候拿蟋蟀擦脸时一样。蓦然回神，我已痛殴猫咪两三下，跳进浴缸洗澡。本以为它是专抓麻雀的麻猫，结果是也会捕蝉的蝉猫。

我没有汽车也没有手表、洗衣机、钢琴、丈夫、小孩、别墅，或许是觉得我什么也没有很可怜，之前经常有朋友邀请我去别墅玩。在旁人看来大概很好命，但自己如果拥有别墅，其实相当麻烦。

若有专门的管理人员那自然另当别论，但是去了一看，屋内结满蜘蛛网，甚至借给朋友两三天后，电饭锅内还留着米饭忘记收拾，已长满可怕的青霉。不知是否情侣偷偷潜入，温室的玻璃窗破裂，落花狼藉。若是带了小孩，现场甚至可能遗留了必须慌忙蒙住小孩眼睛的东西。不过，对我而言，那些都还好。

伤脑筋的是虫子。

不知从哪儿钻入，天花板角落趴着飞蛾，如果不请人把蛾通通赶出去，我连厕所和浴室都不敢进去。

我当然知道，这把年纪还尖声嚷着蛾好可怕很丢脸，但是用餐时指着纱窗上被灯光吸引而来的蛾，还是忍不住尖叫：

"啊，刚刚和那只蛾四目相接！"

或许是实在受不了，从去年起就再也无人邀我去别墅了。

这是自作自受。

今年夏天，还是待在至少没有虫子的方形水泥房间里，乖乖写电视剧本度过吧。

所以，"虫"字部首的字我唯一喜欢的只有"虹"这个字。

黑色斑马

忘记是二十年还是二十五年前了，当时出国旅行还很罕见，环游美国归来的友人告诉我，美国正在流行形式有趣的大型店铺。

"和百货公司不同，只卖食品与日用杂货，而且毫无装饰，一个店员也没有。顾客把要买的东西扔进有车轮的篮子，走的时候再在出口算账付钱离开。我想日本应该也会马上流行。"

在场的男性听了，当下反驳。

他认为那种店肯定三天就会被扒手弄到倒闭。

"如果，我的意见不准确，我愿意在银座倒立走路。"

那其实就是现在的超市，但发明这套系统的人实在很厉害。我说那人不知叫什么名字，结果有人说那种事三岁小孩都知道。

"你想说他叫超人吧？"

我当然也猜得到这种冷笑话。

这世界，日新月异——连这种成语都显得老旧，以惊人的速度不断发展。

如果断定那种东西绝不可能流行，贸然答应打赌，事后肯定会有惨痛的下场。我的外婆在未出嫁时，因母亲反对没用过牙刷。因为她母亲说：

"用那种东西刷牙齿，牙龈会变长将来会嫁不出去。"

据说都是用手指蘸盐巴搓洗牙齿。

这位老太太，对番茄也流露敌意。

"红茄子是洋鬼子吃的东西。"

从明治维新的时代看来，我们或许已半是洋鬼子了。无论是衣食住，或者心情。

回到超市的话题，我住的青山大道，堪称超市制造地，大型的就有四家，老铺新店争奇斗艳，热热闹闹地吸引人潮。

大约半年前吧，我去其中的那家老店买完东西出来。

这家店前的行道树上经常绑着狗。外国客人也很多，所以有时也会看到稀奇的狗种。看到照顾良好被教得很乖的狗，对于我这种住公寓不能养狗的人也是小小的乐趣。

那天，一只狗也没看到，倒是放了一辆婴儿车。婴儿车的设计相当时髦，但车上的婴儿——其实已相当大，差不多该满周岁的日本女娃，就像画中人一样可爱。

妈妈大概在里面买东西，放她一个人没问题吗？我半是担心，半是被她的可爱迷住,看了一会儿,与我一同从超市出来的外国男人或许也有同样的想法,似乎不舍离去,抱着纸袋站住了。

他是个相当高的黑人青年,只见他走到宝宝旁边,跪在人行道上哄宝宝。然后,仿佛觉得宝宝实在太可爱了,他忍不住亲吻宝宝。不是吻额头或脸颊,而是唇上,正式的那种吻。

我在瞬间哑然。几乎喘不过气。我真担心下一秒,宝宝的母亲就从超市出来,一把揪住黑人青年的胸口,破口大骂:"你在做什么?"

但那显然是杞人忧天。

好像也有两三个路人和我一样有点惊讶地驻足,但黑人青年极为自然地起身离去,宝宝没有哭,之后依然是祥和一如往常的青山大道。

我若是孩子的母亲,会怎么做呢?

总觉得还是忍不住想喝止。说他犯罪可能太过分,但实在难以将之视为令人会心一笑的情景袖手旁观。

如果,对方不是黑人青年,而是亚兰·德伦,又会怎样呢?或者,若是日本男人,又如何?

对方若是亚兰·德伦,我可能会非常惊愕,同时又觉得有点光荣;对方若是日本男人,我会直接叫对方道歉;对方若是黑人青年,我会脸色大变地骂他开什么玩笑。这或许才是最诚实的反应。

去肯尼亚看动物时，基库尤族的大学女生替我当向导，我俩在奈洛比市内到处走。这时，我发现虽然都称为黑人，其实有多种多样的肤色，简言之，黑色也分程度。

有人黑得发亮，也有人同样是黑色却是晦暗的黑炭色。有人赞美黑就是美，但若问他们的真心话，还是觉得白一点更好，想变白，稍微白一点会更美，这好像才是真心话。

在肯尼亚有句谚语："吃过苦所以才会变黑。"

这也是当时学到的。

我们走进平民区的黑人街电影院，看了十分钟甜美的印度青春片，之后去二楼的小酒吧。里面挤满黑人男女。他们欢迎我们加入，一起喝啤酒。也有些人拥有闪耀知性光芒的美丽眼睛，以比我高雅好几倍的发音，说出完美的英语。醺然有点醉意后，黑脸仿佛自内侧亮起灯光开始泛红，我头一次发现原来黑色会变成宛如煮红豆般柔和的色彩。

我有个朴素的疑问：上帝为何赐予人类如此复杂的肤色？

同样在肯尼亚，数次看到大群斑马，都是黑白条纹的斑马，就算拿着望远镜再怎么仔细观察，也没有一只白色的斑马或黑色的斑马。

龟兔赛跑

四岁的外甥在我家寄宿一晚。母亲一边哄初次离家外宿的小外孙睡觉,一边讲故事给他听。桃太郎,开花爷爷[1],咔嚓咔嚓[2]……说了一堆故事,外孙还是不肯睡。别说是睡觉了,大眼睛定定地看着母亲,据说还这么说:

"外婆,在我这么大时,你都在想什么?"

母亲说,从未遇过如此困窘的场面。

他的意思大概是:我们已经不相信那种童话故事啰。现在的小朋友,宁可相信怪兽电影与《哆啦A梦》,至于河上漂来大桃子,动不动就有老爷爷老奶奶出现,慢吞吞发展的日本童话故事,显然太缺乏冲击力,太无聊了。

不过话说回来,日本的童话故事,为何老是出现老爷爷老奶奶?

---

[1] 开花爷爷的故事是善良的老夫妻在狗的指点下得到幸福,邻居的坏夫妻则遭到不幸。
[2] 狸精作恶害死老婆婆,还用她的肉煮火锅骗老公公吃,老公公发现真相后找兔子求救,兔子骗狸精背柴火,趁机从背后拿打火石引燃想烧死它,狸精听到打火石摩擦发出咔嚓咔嚓的声音问兔子,兔子谎称"那是咔嚓咔嚓山,所以有咔嚓咔嚓鸟在叫",故名之。

咔嚓咔嚓山，剪舌的麻雀[1]，浦岛太郎，桃太郎，辉夜姬，一寸法师。

这些故事都没有年轻夫妇或壮年男女当主角，全是老人与动物、老人与幼童的故事。或许是觉得若有壮年人插入，故事会变得太有现实感。被放进锅里吃掉的是老奶奶，所以听众可能松了一口气吧。

以下是我这个不学无术者的想象：以前，带小孩哄小孩睡觉的，大概都是老人吧。老人们用自己当主角讲故事给孙儿听。在现实生活中，身体不听使唤，养育孩子的职责也已完结，被当成无用废物的老人，在故事里却扮演生猛有劲的主角。他们想必是把自己在某处听过的故事继续铺陈，自己扮演受害者，加上一点梦想，说给幼小的孩童听。

桃太郎诉说的是老人的梦想，而浦岛太郎则讲述了老男人的梦想与绝望。

深夜电视广告里经常出现的酒家叫作"浦岛"。

回家打开皮夹一看，应该不至于头发变白，但我每次看到这个广告都忍不住赞叹，这个名字取得真好啊！

我讲话很快。

大约十年前，我在写黑柳彻子、中村May-Ko等人主演的连续剧时，三人经常聊天。在旁聆听的牟田悌三先生慢吞吞地呵呵呵笑了：

---

[1] 善良的老公公捡到麻雀带回家照顾，贪婪的老婆婆看了不是滋味，借口麻雀偷吃了糨糊，把它的舌头剪掉赶出去。老公公不放心去找麻雀，得到麻雀的赠礼，老婆婆则得到报应。

"浓缩了正常的两倍呢。"

我现在才想起曾被这么说过。

他所谓的浓缩,并非指内容很充实。我们三人讲话都很快,所以应该是指分量吧。

少了在日本数一数二的这两位锻炼,最近我的速度已大为减缓,不过,和从小就从容优雅说话的贵妇人们比起来,还是很快。有人说我这样在忙碌时可以节省时间一定很占便宜,但实际上正好相反。例如打电话时,向对方表明主旨。

我似乎忍不住讲太快了。

"不好意思,请再说一次。"

对方要求。

我重述一遍,还是不行。

"麻烦请再说一次。"

结果,同样的话讲了三遍。我很后悔,早知如此,还不如放慢速度只讲一遍更省事,但天生的毛病我自己也改不了。

这种时候,我不期然想起《龟兔赛跑》的故事。

卡在早晚的交通高峰期。心里暗叫不妙,却还是随兴地坐上出租车。果然,我被塞在车阵中动弹不得。本来已追过步道上的行人,这时轮到他们追过汽车越走越远了。

这种时候，我心想，分明是"龟兔赛跑"嘛。

我最爱的电视节目，是教育节目，尤其是 NHK 教育电视台为儿童播出的小提琴与钢琴课程更是我的最爱，只要在家，一定会按时收看。虽是很久以前的事，但江藤俊哉氏的小提琴，比三流的综艺节目有趣好几倍。

对着架起小提琴演奏的七八岁孩童，江藤氏毫不客气地说：

"你这指甲是怎么回事？脏死了。"

小孩的指甲留得很长，而且边缘不平整还藏污纳垢。仿佛刚刚还在调皮捣蛋，就这么直接冲进摄影棚的小胖子，小手在画面上出现特写镜头。

"这种指甲，拉不出好声音噢。"

江藤氏的说法很严格，但大概是斥责方式的热切与人品所致，挨骂的小孩倒也不怎么难过，说声：

"是。"

继续堂堂正正地拉练习曲给老师听。

对于演奏完毕，立刻冲回位子的小孩，"不行不行！"江藤氏大吼，"演奏的余韵很重要。演奏完了，如果立刻缩回去，不会有掌声噢。"

他自己也做出演奏的动作，示范拉完后闭眼片刻的场面。对象虽是孩童，但他却极为认真。

我含泪大笑，非常感动，深深羡慕能够以这种方式学音乐的时代。我以既感动又羡慕嫉妒的心情看这种节目。许是因为战时没有机会好好学习才艺，至今我仍无法舍弃学习钢琴或小提琴与外语的梦想。虽然想学，却苦无时间，对于迟迟无法实现梦想的自己感到焦虑。

但是，与我同样度过青春时光的友人们，并未像我这样对学习感到饥渴。为什么呢？是性格上的差异吗？上次去参加同学会，我这才明白。

我的友人有三个孩子，长女学英语及烹饪、书法；次女学钢琴与法语；长子学钢琴。她自己和我一样毫无才艺是个大胃王，但她的态度非常从容。

对于有小孩的人而言，孩子的才能也是自己的财产。打从年轻时就很小心眼儿的我感到"我输了"。

《龟兔赛跑》的故事，在这种时候，再次蓦然闪过脑海一隅。

教师办公室

下雨天连电话铃声听起来都很潮湿。

那通电话，闷声响起。拿起话筒一听，原来是小学时候的老师。

"啊，老师。好久不见。"

我不禁发出小学一年级学生的声音。左手自动取下工作时绑在头发上的丝巾，在地毯端正跪坐。现在的小朋友如果看到了，肯定会嘲笑我这种模样：

"阿姨，你在搞什么？"

我曾和友人的孩子谈到"老师可不可怕"这个话题。孩子们分别是小学生与中学生，但是没有一人说老师可怕。

"那去教师办公室时也不紧张吗？"

"不紧张。"

"不会心跳加快？"

"不会。"

只有一个男生回答：

"如果有喜欢的老师，会心跳加快。"

在我小的时候，教师办公室对我而言是特别的场所。

有事必须去教师办公室时，我总是在门外先做个深呼吸，检查一下服装仪容，确认制服上的领结有无歪斜，同时尽力不在说话时出错。

没胆子一个人去的学生，会请朋友陪伴同行。老师当中也分为和蔼可亲的老师与凶巴巴的老师。进办公室前，先从走廊偷看，如果玻璃窗内都是凶巴巴的老师，就在附近绕一圈，然后再回来偷看。

记得那是我就读高松县立女高一年级时，为了体操用具临时必须报告，我冲进办公室。那是战前，又是管教严格的学校，一开门就得大声报上自己的姓名。

"一年某班，向田邦子报告！"然后大喊，"某某老师，麻烦您！"

这时，我忽然哑然。

因为我只记得体操老师的绰号。

这位快要退休的男老师，绰号叫作"大圆子"。"大圆子"的女儿是五年级的级长，那位高年级学姐被大家称为"小圆子"。

"大圆子，麻烦您！"

我不可能这么喊。

"小圆子的爸爸——"

这个称呼更可笑。

结果，我只报上自己的姓名，就这样铩羽而返。回到运动场后，才想起那位老师是大渊老师。

小学六年级时，也发生过同样的事。

同样在四国高松的四番丁小学校，我照旧在办公室门口报上学年班级姓名，然后大喊：

"田中老师。"

突然间，"声音太小！"我被骂了。

我扯高嗓门："田中老师！"我大叫，"男生厕所——"吼到这里，就说不下去了。"金隐[1]很脏，我想借刷子。"

我是跑来说这个的，这时却出不了声音。我实在无法大声说出"金隐"这种字眼。其实还有便器或马桶之类的其他说法，但或许是激动之下昏了头，一时之间想不到其他的说法。

"怎么了？有谁掉进去了吗？"

田中老师说。

我行个礼关上门。

---

[1] 金隐是蹲式马桶前方圆球形遮蔽物，用来遮掩金玉（睾丸）而名之。所以女性羞于启齿。

门内,传来老师们的哄然大笑。

进办公室时虽然紧张,但并未因此把老师奉若神明。一上小学,班上的女老师就生了宝宝,我们还三五成群结伴去老师家看宝宝。

记得是三年级时,放学后去办公室还球,只见男老师与女老师脸贴在一起,正在看什么答案。

我还听见女老师说:

"讨厌——"

发出她在讲台上从未有过的笑声。

我要进办公室旁边的厕所时,发现一位女老师背向而立,弓着上半身,胸口有白色液体咻地喷出。

老师正在挤奶。

她敞开运动服的胸口,把肿胀坚挺的乳房露出,将乳汁挤到挂着链子的铝杯中扔弃。

老师看到我后,收起乳房,举起装满乳汁的铝杯,朝我努动下巴,仿佛要问我:"要喝吗?"

不禁令人有点发噱。

我也听过老师们在办公室吵架,也见过年长的女老师不知出了什么事,正在抹眼泪。但是,我完全不会因此而轻视老师,老师也是人嘛——那时还是小孩,所以我并未想到这种说辞,但若套用现在的说法,的确就是那种感想。

就读女校时,放学后,送班级日志去办公室,老师给我一个橘子。

那橘子比我家吃的小,但我视若珍宝。

当时,老师看起来真的很伟大。

当然也有脾气急躁动不动就打人的老师,也有偏心的老师,也有些老师对流鼻涕不够聪明的学生充满恶意。

但是,我们很尊敬老师。

大概是因为老师无所不知,而且教育我们。

现在,有许多人比老师更博学。

以前没有补习班,没有家庭教师,也没有电视。父母也不像现在这么见多识广,整天忙着扫地、洗衣,不看书,所以一心一意尊崇老师,就算老师有点小错,也不会抱怨。

觉得老师伟大,在电话这头急忙摘下头巾端正跪坐的行为,或许将在我们这一代绝迹。

电泥鳅

走上涩谷的道玄阪,有家卖热带鱼的店,电鳗是该店的吸客招牌。

电鳗就在一进店内的大水槽底下,一脸茫然地蜷成一团。

旁边贴着字条:

"泥鳅一条十元。"

客人只要付钱便可参观电鳗吃泥鳅的瞬间。

我走进店内时,一名客人正在买泥鳅。

泥鳅被扔进水槽后,电鳗立刻抬头。等泥鳅逼近到十厘米的距离,这时电鳗似乎放电了。泥鳅突然像折弯的钉子僵硬扭曲,不停地抽搐痉挛,就这样重重落下。等它毫无抵抗力时,电鳗再慢慢吃掉它。

那位客人连续让三条泥鳅变成折弯的钉子,旁观的只有我一人,等于免费参观了三次,所以我暗想是否也该买两条当作回礼,但站在泥鳅的立场这样很残忍。况且让鳗鱼吃坏肚子也不好,所以我只是微微点头为"白看戏"道歉后就走出那家店。

我把这件事告诉朋友，但讲到一半好像就变成一直在说电泥鳅、电泥鳅。

"有电的是鳗鱼吧？泥鳅可不会放电，只是普通的泥鳅吧。你搞错了。"

想把自己经历的兴奋传达给别人，不免在叙述时格外有激情。说到泥鳅抽搐变成折弯的钉子时，枉费我还亲自示范表演，却被朋友给打断，太过分了吧。

我很不高兴。

"才没有错。泥鳅在感电的瞬间，当然也会变成电泥鳅。"

之后好一阵子，我似乎在不知情的情况下赢得了"电泥鳅"这个绰号。

对不起，我错了——我不甘心这样道歉，所以老是强词夺理地死鸭子嘴硬。

记得是我小学四五年级时，自然课的下课时间聊到放大镜为什么叫作虫镜。坐在我后面的女生说："那种事很简单嘛，因为是看小虫子时用的东西呀。"

你们几个在说什么傻话！她的语气似乎在如此强调。这个女生不知何故，从衣服到便当的菜色都认定自己的最好，动不动就摆出鄙视周围同学的态度。

大概是老早就觉得不是滋味，我当下脱口说出傻话。

"才不是。虫子看人类时，看起来超级巨大。所以，因为看起来很大才叫作虫镜。"

电泥鳅原来从这时就已萌芽。

某制作人细数我在电视剧脚本"难产"写不出来时的借口,总计达二十几项,令我大吃一惊,其中,有些借口连我自己都哭笑不得。

"头很痒。"

头痒时如果写剧本,剧中人物全都会说出头痒的台词。这时最好干脆停笔去美容院洗头才能写出好作品。据说我就是这么讲的。

"今天看不见烟囱,所以写不出来。"

所谓的烟囱,是从我的公寓阳台可以看见竖立在品川的三根烟囱。天气好时三根都看得见,阴天或雾蒙蒙的日子只看得见一根。也有些日子完全看不见。

我有低血压的毛病,阴天会头痛,大脑也状况不佳。

"南中国海形成低气压。"

只要气象预报人员这么一说,我的后脑就开始阵阵刺痛,所以看不到烟囱的日子,写稿的进度也会不理想。

"隔壁又在播放三波春夫。"

有一阵子隔壁住了美国人,好像是大使馆的相关人士,是一对非常热心研究日本的夫妇,正月新年会在门口挂上门松装饰,经常大声播放三波春夫的唱片,而且似乎特别喜欢《铿铿锵小今朝》这首歌,经常听见。

好,今天也要加油噢!刚往桌前一坐,忽然听到《铿铿锵小今朝》,不可否认的是,的确令人士气大减。

"喇叭裤的松紧带太紧写不出来。"

虽说是因为被逼急了,但讲这种话未免也太丢脸。

"太紧就换条裤子不就好了?难道只有一条喇叭裤吗?"

若是我一定会这么回嘴,我这么一说。

"如果那样说,不知你又会扯出什么借口,所以我就默默走了。"

敦厚的制作人笑着说。

男人的度量真大,我一边如此感叹,同时也一边察觉我这种地方显然是遗传自父亲。我父亲也喜欢强词夺理,是个不讲道理的人。

在外如果发生不愉快,他回家一进玄关就会借机找碴儿大骂母亲。小孩如果把鞋子随便扔在玄关脱鞋口没摆正,鞋柜上的花如果枯了,理所当然会被他痛骂。因此父亲返家时间快到时,母亲总是会仔细检查玄关一带,留意有无疏失。即便如此,父亲还是常常在玄关大吼大叫。

下雨天,在玄关如果没准备毛巾擦拭湿淋淋的肩膀与脸,他会生气。

小孩去迎接他太慢,他也生气。

最受不了的是,他喝醉回来时,还要生气:

"这是搞什么鬼?怎么都没有可以骂的地方!"

这种时候,我们如果起床去迎接他,他好像终究有点羞愧:

"小孩不用来。用不着看老爸丢人的样子!"

他如此大吼。

第一病

我在十字路口等红绿灯。

信号还是红灯,但我觉得差不多该变成绿灯了,朝车道跨出一步。但是好像太早了,信号依然是红灯。只要有一个人跨出脚步,不自觉就跟着走下车道的有四五人。本来,应该立刻退后一步,回到原来的位置才对,但这种场合几乎没有人会后退。一两拍呼吸之间就会变成绿灯,所以看似无所谓,忍住瞬间的尴尬,大家默默等待。比起前进,后退或许更困难。

在十字路口,绿灯亮的时间,也就是行人可以过马路的时间,据说较长的地方有五十秒。我很想测量看看,确认一下,却终究没有实行。

在大马路,走过中央有分隔带的那种斑马线时,虽然别无理由却会莫名急躁,忍不住加快脚步。蓦然回神已走在最前头。但是,有人不甘示弱地追上我。如此一来,我也不愿认输,气喘吁吁地小跑步。敌人也喘着大气紧追不舍，很简单，成了宇治川的先阵之争[1]。

虽然说别无理由，但是若探究心底深处，还是有小小的缘故。

那是心中有疙瘩时。

吉凶未卜。等待某种结果时，并不是变得多激动，但若能率先走过这个斑马线就是吉，无法领先就是凶——心底某处在这样打赌时。

这种情况下，若是顺利率先走过斑马线会松一口气，若是被年轻腿长的男孩子追过去，"不算。刚才的打赌不算。"我会立刻取消赌注，小心不让赌注出现凶的结果，说来还真可笑。

追过我的人，说不定也在小小地打赌。抑或，天生个性就是即便再小的事情，只要不拿第一就不甘心？

战后有段短暂的时间，家人住在仙台，我在东京求学。

我只有寒暑假回仙台，但可笑的是，假期结束要回东京的那天早上，父亲会送我与弟弟到仙台车站搭乘早上的第一班火车，这时如果没有抢到第一他就不甘心。别说是天亮了，连鸡都还没叫就被他叫醒。明明学校就在走路也没多远的仙台市内。

"谁知道半路上会发生什么。"

---

[1] 寿永三年（1184 年），日本武将木曾义仲与源义经在宇治川对峙，双方的先锋大将展开对战。

这是父亲的说辞。

夏天还好,冬天简直是悲剧。时间太早,连车站都还没开门。留下伫立雪中牙齿不停打架的我与弟弟,父亲去车站后门口交涉,请对方开门。被父亲从值班室叫醒,眼睛都还没睁开的站务员,一边不悦地咂舌一边将候车室的灯打开。

父亲还拜托对方:"小孩现在就要回东京的学校,可不能感冒。不好意思,麻烦你把暖炉打开。"

有个急性子的父亲,小孩总是无地自容。

如果出门时耗费太多时间准备,或是太晚抵达车站,有人比父亲更性急令我们落到第二名,父亲会臭着脸很不高兴。他气恼地不肯开口,愤然对着暖炉取暖。

"在学校每次都是拿第一。"

"我家是某某古老世家。"

这种人很多,令我大吃一惊。

我也很想这么说,但这就是生于东京的可悲,说谎也会因身边就有证人而穿帮。

不过有这么多个第一名与古老世家,真的没关系吗?

比起自称第三的人,自称第一的人更多。

"我家不是什么豪门世家，只是农民。"

很少遇到会讲这种话的人。

我生于城市长于城市，没有在乡下定居过，所以不敢夸口。但偶尔搭乘慢行列车，自火车的车窗眺望，看似古老世家的房子，在几百户中顶多有一户。也许是全国各地世家望族的后代凑巧都聚集在我的周遭，即便如此，还是忍不住想嘲讽世家的数目未免也太多了。

如果稍微坏心眼儿，打破砂锅问到底，对手会有点慌张："现在已经没落了。"借此逃避，"是母亲那边的娘家是古老的世家。"

或者如此避重就轻。

不管怎样，好像就是出身世家。

家谱。仓库。有家徽的灯笼。苔痕青青的大墓碑。

与那种东西无缘的东京人，一边暗想对方说的是真是假，一边抱着羡慕与尊敬，聆听对方的外地腔。

人数仅次于"第一"的，是自称最后一名的人。

自己是多么不用功。

对方扬扬得意地叙述自己是多么无药可救的坏蛋。如此说来，最后一名大概是对第一名的反弹。

拿不到第一，就拿倒数第一。

许多人如果两边都不是就不甘心。但是，最近我开始觉得真正可怕的好像是拿第二的人。

第一名拿着军旗拉风地率先冲出去，挨子弹壮烈成仁的概率似乎很高。赛车也是，领先的选手会被风压弄得精疲力竭。最后欢笑的，恐怕是一直排在第二，直到最后关头才超越第一的人。